第二次西園寺内閣成立

明治二十年、ベルリンに赴任

晩年の公

復元された坐漁荘（海側の様子）

復元された坐漁荘（玄関の様子）

増補版　明治を創った男

西園寺公望が生きた時代

小泉達生

幻冬舎 MC

目次

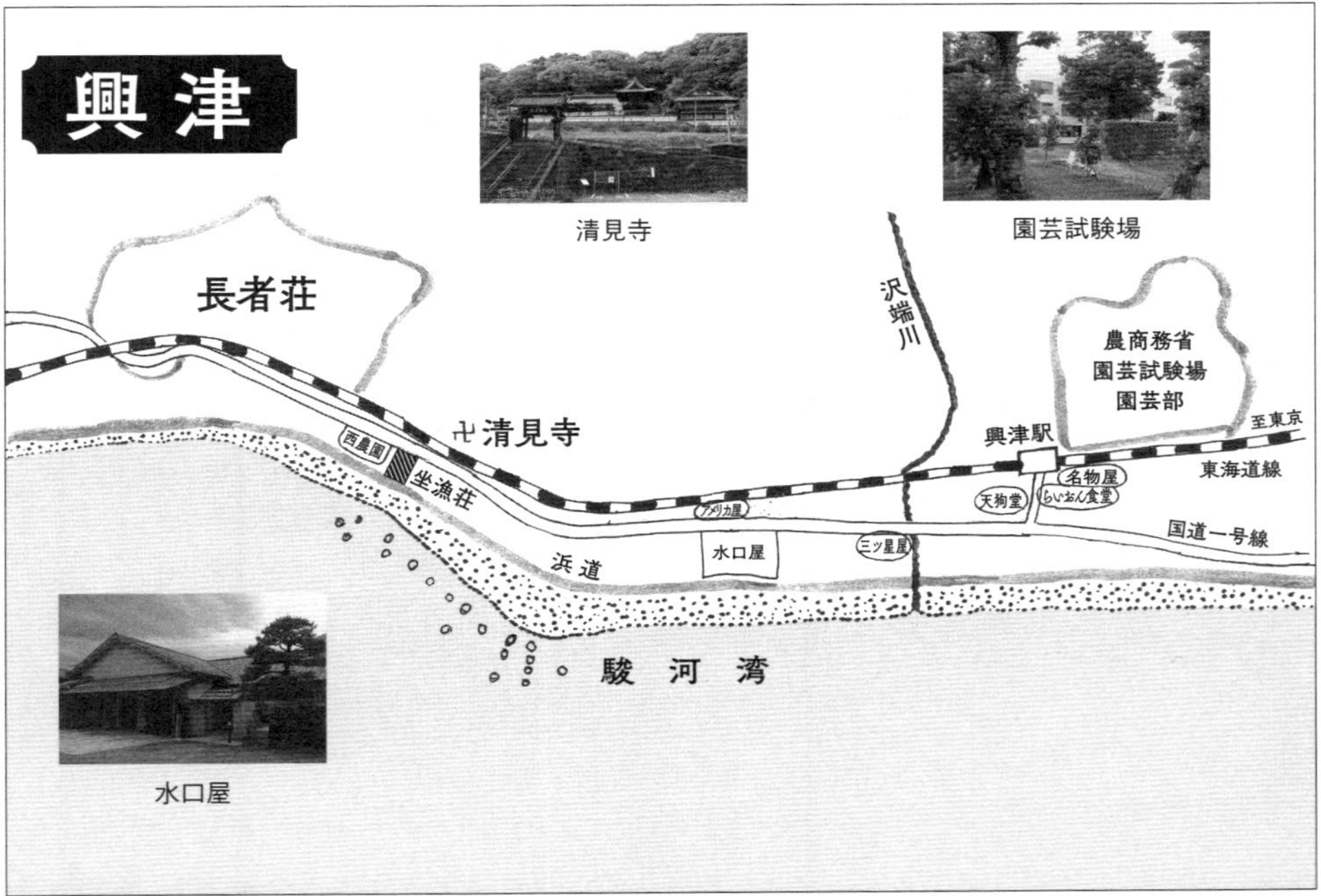
興津
清見寺
園芸試験場
長者荘
沢端川
農商務省
園芸試験場
園芸部
至東京
卍清見寺
興津駅
西農園
坐漁荘
名物屋
東海道線
天狗堂
らいおん食堂
アメリカ屋
国道一号線
浜道
水口屋
三ッ星屋
駿河湾
水口屋

第1章

この国を

正装にて

「興津《おきつ》」は、平安期より郷名や駅名に記録が残る歴史深い土地である。

駿河湾の奥にあり、三保半島の真崎灯台が指し示す先、静岡市清水区にある。東海道と甲州街道が交わる交通の要諦でもあり、ユネスコ「世界の記憶」に指定された朝鮮通信使の遺跡が豊富な清見寺《せいけんじ》、東海道の難所で歌川広重の浮世絵にある富士と駿河湾が一望できる薩埵《さった》峠、城館一帯の遺構が残り甲州道の抑えであった横山《よこやま》城跡などがある。

温暖な気候で風光も明媚のため、近世には多くの政治家や元老たちの別荘が競うかのように建てられた。

古代中国の呂尚《りょしょう》（周の軍師・斉の始祖）が「茅に座して魚釣りをした」との故事から命名されたのが、ここ「坐漁荘《ざぎょそう》」である。

一九四〇年、昭和十五年十一月二十四日。

庭の真っ赤に熟れた石榴《ざくろ》の実が、音を立てて落ちんとしていた。

激動の明治から昭和の時代に、政治の中枢で日本国の舵取りをしてきた坐漁荘の主が、二十一年間過ごしたここ坐漁荘で、今、息を引き取ろうとしていたのである。

西園寺公望、九十一歳。

西園寺は死の瀬戸際になってもまだ言い残したいことがあるのか、わずかに開いた口元から擦《かす》れた声を絞り出した。

「いったい、……どこにもって……」

女中頭の綾子は、西園寺の言葉を聞き漏らすまいとするのだが、とぎれとぎれで所々が聞き取れなかった。

「お上、今、何とおっしゃいましたか？」

綾子の言葉が聞こえたのか、しばらくして西園寺の口がわずかに開いた。

「いったい、この国をどこにもっていくのや」

ようやく聞き取れた綾子は、噛みしめるように一言ずつ反芻した。

「いったい、この国を、どこ、にもっていくのや……」

西園寺の目から一縷《いちる》の涙が流れた。

それから、静かで穏やかな息づかいがしばらく続いた。

ところが、夜になって容態が急変した。

主治医の勝沼医師が駆けつけて、うやうやしく脈を取ったが、力なく首を振った。懐中時計の時刻は二十一時五十四分を指していた。

最後の元老として日本の政治の舵取りを任され、十二人もの総理大臣を誕生させた大人物の、静かな静かな旅立ちであった。

ずっと身近で西園寺のお世話をしてきた女中頭の綾子は、悲しみの涙の奥に、西園寺と過ごした日々が走馬燈のように鮮やかに蘇ってくるのだった。

「お上……、ありがとうございました」

西園寺が死の床についているらしいとの噂は、興津の人々にとっても一大事であった。

「おい、町の殿様はだいじょうぶだか？」

「殿様には、元気になって散歩してもらいたいずら」

「おらっち子の頭を優しくなでてくれたっけ。すげえ偉いのに全く偉ぶらないあんなお方は、どこにもいないずら」

尊敬する西園寺を、興津訛りで親しみを込めて心配するのだった。

「おらたち町の殿様！」

それぞれ立場や年齢は違えども、西園寺の容態を心から心配していることを綾子は知っていた。

（そんな興津の人々がお上の訃報を知ったら……どんなに悲しむことか……）

第2章

西園寺家へ

パリ遊学時代

六百五十年以上も続いた武家政権が天下の政《まつりごと》を天皇に返上することになった「大政奉還」のわずか十八年前、一八四九年（嘉永二年）十月二十三日。公卿《くぎょう》の徳大寺公純《きんいと》家に真っ白い珠のような男子が生まれ、「公望《きんもち》」と命名された。

公卿とは、朝廷に仕える三位以上の貴族を呼ぶが、徳大寺家は公卿の九清華《せいが》家（久我・三条・西園寺・徳大寺・花山院・大炊御門・今出川・広幡・醍醐）の一家であり、五摂家《せっけ》（近衛・九条・二条・一条・鷹司）に次ぐ名門である。

二歳の時に西園寺家の養嗣子となり、「西園寺公望《さいおんじきんもち》」の誕生となった。

公望は幼い時からいたずらが激しく、老女（養育係）が手を焼く子であった。それでも温室育ちにすることなく、外の雨風になるべく当たるようにと大らかに育てられた。和漢兼学の学習院（公卿のための学校）では十五歳以上が対象であるにもかかわらず少年で参加させたり、夕食に酒を出して清水焼のお猪口で晩酌をさせたりもした。養父が幼くして亡くなったため、早く一人前の公卿に育てようとしたのであろう。

芯の強い行動的な性格は、こうして育まれていった。

江戸時代末期は、ペリー艦隊の黒船が浦賀に突然やって来たり、安政の大地震が起こったり、天皇の攘夷の意志に背いて通商条約を結んだ井伊（直弼）大老が桜田門外で暗殺されたりと、国内外に多事多難の時であった。

大きくうねる激動の時代に生まれた「芯の強い若い公卿」を、歴史は、表舞台へと押し上げていったのである。

第3章
女中頭

女中頭を務めた
漆葉綾子

三代目の女中頭になった漆葉《うるしば》綾子は、京都を離れて初めて興津の坐漁荘に来た、十六年前のあの日のことを思い出していた。

京都家政女学校を卒業してから、琴は生田流、茶の湯は裏千家、華道は未生《みしょう》流の奥許《おくゆるし》まで修得して、親に勧められるまま結婚した。一子を授かって家族の幸せを味わい始めた矢先、両家の都合で離縁させられてしまったのである。

泣きじゃくる我が子と引き離された傷心の綾子を心配して、突然父から勧められたのが、西園寺公望公への女中奉公の話であった。奉公先は静岡県の興津にあるらしい。温暖で風光明媚な地であると聞いているが、そんなことより、京都を離れてこれからの人生を自分の意志で切り開いていきたかった。

「参ります！」

今までの人生で初めてだった。自分の意志で自分の進路を決めたのだ。

父親は迷いのない即断に目を丸くしたが、何も言わなかった。

人生におぼれかけた二十二歳の綾子を救ってくれる主が、東方にいるかもしれない。運命の歯車が大きく動き始めたのである。

東海道線が浜名湖を過ぎた辺りから、茶畑が山にへばりつくように並んでいるのが見えた。蒲鉾型に整えられた茶畑は綺麗というより可愛くて、思わず頬が緩んでくる。

これからお仕い申し上げる「西園寺公望」公とは、どのようなお方であろうか。

名門徳大寺家の次男に生まれ、西園寺家の養子となったお公家様で、総理大臣を二度も務められた、超一流の政治家であることを知っている。

フランスに留学され、各国の大使も務めて外国人と対等に接することのできるお方だと聞いている。

天皇陛下に日本の政治の在り方や進路についてご意見申し上げることのできる、たった一人の元老だと父から聞かされている。

自分と生まれや境遇が天と地ほど違いすぎて、不安ばかりがよぎるのであった。

それほどの人物が住んでいる邸宅なのだから、ヨーロッパ風造りの大理石の大豪邸かしらと思い描いてしまう。石の家はひやりとして寒くないかしら、お庭が広すぎて散策で迷ってしまわないかしらなどと、妄想が膨らむのであった。

そんな想いにふけっているうちに汽車は興津駅に着いた。初めて訪れる町だった。立春とは思えない心地よい風が優しく頬をなで、微笑みながら綾子を迎えてくれているようである。

東海道に向かって歩き出すと、思わず声を出して笑ってしまった。面白い名前の店が多いからである。

「名物屋」

「らいおん食堂」

「膏薬《こうやく》や天狗堂《てんぐどう》」

「アメリカ屋理髪店」

西に向かって二十分ほど歩いたら、右手に清見寺が見えてきた。清見寺は奈良時代創建と伝えられる臨済宗妙心寺派の名刹で、足利尊氏公や今川義元公からも庇護《ひご》を受け、徳川家康が幼き時に太原雪斎より学んだ場でもあった、と父から聞いたことがあった。綾子の父は京都市大泉寺住職の漆葉《うるしば》法雲《ほううん》なのである。今は古川大航《たいこう》という名僧がいるから、是非会っておくようにと念押しされてきた。

しばらく歩くとやや広いお屋敷が見えた。

(まさか、ここが坐漁荘?)

日本の舵取りを担う元老が住むには、あまりにも質素でこぢんまりとした佇まいである。落ち着いた京風の数寄屋造りは、綾子の生まれた京都の風情を醸し出している。

屋敷の入り口脇に守衛所があった。既に連絡ずみだったようで、綾子が名を告げると、すぐに中に入るよう促された。

守衛警官の横を通って、玄関に向かう。よく見ると、自然の素材を巧みに使った手の込んだ上品な建物である。すがすがしい風が綾子の心を吹き抜けた。

（清廉《せいれん》――）

思わず、この言葉が頭に浮かんだ。

居間に通された綾子は、新聞を読んでいる、その屋敷のご主人と初めての対面となった。

やや緊張した面持ちで正座して三つ指をついている綾子に向かって、柔らかな声が降ってきた。

「綾さんか、わしが西園寺だ。よろしくたのむよ」

恐る恐る顔を上げた。

ふくよかで色白な顔立ち、頭髪も短くきれいに刈り込んであって上品なたたずまい。偉い人なのに、力んだり威張ったりすることがない。心が清くて私欲の無い人なのかもしれない。そのお姿も、思い描いた通り「清廉」であった。

綾子は、これから始まる坐漁荘での生活に、明るい希望と期待が湧いてくるのを感じた。


それから一カ月ほどが経った、渚に打ち寄せる波が穏やかに聞こえるある日。

朝食の準備をしている綾子に、西園寺が声をかけてきた。

「綾さん、坐漁荘の生活には慣れてきたかい？」

「はい、お上！」

すぐに返事が出た。あれほど心配していた興津での生活であったのに、嫌な思いをすることなく生活してきたからであろう。

「綾さんが初めてここに来た時、たいそう驚いた顔をしていたね。何かあったのかね？」

一カ月も前のことを尋ねられるとは……。微妙な表情から心の機微を感じ取る繊細さが西園寺にはある。

「はい。ええ、それは……」

綾子は口ごもった。

遠慮している様子を感じ取った西園寺は、子供をあやすように優しく言い直した。

「遠慮せずに言ってみなさい」

「本当に、よろしいのですか？」

綾子は西園寺の顔を見上げ、茶目っ気のある笑みを向けた。いつの間にかこんな親しげな表情ができるようになっていることに、自分でも驚いた。

「あの時の顔から大体の予想はついているから、言ってみなさい」

綾子は、意を決して素直な気持ちを伝えることにした。

「はい。京都の寺に生まれました私は、坐漁荘の建物や佇まいに親しみが湧くので大変気に入っています。ですが、明治時代の元勲や元老の皆様の別荘に比べると、あまりにも……」

ここで綾子は口籠もってしまった。

今度は、西園寺が綾子の顔をのぞき込んできた。

「あまりに、何だね？」

「あまりに狭くて、地味だったものですから……すみません！」

綾子は早口で一気にしゃべってしまって、すぐに謝った。

「謝ることはない。その通りだからな」

西園寺は穏やかに応えてから、松の向こうに見える平らかな駿河湾に目を向けてから、ゆっくりと語り始めた。

「私は、御殿場や沼津、京都に別荘を持っていたのだが、困ったことに砂埃《すなぼこり》がひどかったり、冬が寒かったりして落ち着いて過ごせない。そんな時に、同じ立憲政友会の伊藤博文公がお気に入りであった興津の旅館『水口屋《みなぐちや》』に泊まったところ、あまりに快適でこの興津が気に入ってしまったのだ。気候は温暖で、一年中暖かい。海岸が近くまで迫り、三保の松原や伊豆天城の連峰まで眺められる絶景。しかも、東京から汽車で七時間ほどかかり、近すぎず遠すぎずの距離にある」

最後の言葉が綾子は気にかかった。

「なぜ、近すぎず遠すぎずがよろしいのでございますか？」

「遠いと、東京や京都を行き来するのに難渋するであろう」

「だったらもっと近ければ……」

西園寺はいたずらっぽく片眼をつむって応えた。

「近すぎると、新聞記者がすぐに来て落ち着かん」

「まあ」

思わず綾子は大声で笑ってしまった。遠慮なく笑ってしまった。涙が出るほど笑ってしまった。

「お上は、一人静かに読書されるのが、何よりお好きですからね」

清見潟《きよみがた》の黒い岩の間から、波に揺れる海面が宝石のようにきらきら輝いている。

「この『坐漁荘』の名も、潮風が心地よく、陽当たりの海沿いで、ゆっくりとした時間を過ごしたいとの願いからだ」

綾子は昨日、買い物に行ったついでに、隣町の横砂《よこすな》まで足を延ばしたことを思い出した。

「先日、井上馨《いのうえかおる》候が住んでおられた横砂にある『長者荘《ちょうじゃそう》』に行って参りました」

井上馨は、大蔵、内務、外務大臣も務めた長州出身の大先輩の元老で、この時すでに鬼籍に入っていた。

西園寺が興味深そうに振り返った。

「どうであった?」

「建物だけで坐漁荘の敷地ほどありました。敷地は広くてどこまで続いているやら分かりませんでした」

西園寺は、穏やかな表情で、さらりと言った。

「実はな、私の敷地の二百倍はある」

「え、二百倍も！」

予想以上の広さに驚き、綾子は尻餅をつきそうになった。

まだ話したいことがあった。

「長者荘のためだけに、東海道線の臨時駅が造られていました。それに屋敷裏の米糠山《こぬかやま》のてっぺんには五メートルもある井上公の銅像があり、私たちを見下ろすように立っていて、今でも生きておられるようで、威圧されてしまいました」

「綾さんは、臨時駅のことをどう思ったかね？」

「はい。坐漁荘の近くに臨時駅を造れば、お上が興津駅にわざわざ行かなくても汽車に乗ることができるので、それも良いかと思いました」

西園寺の色白の顔が、みるみる紅潮するのが分かった。

「馬鹿もん‼」

坐漁荘の窓ガラスが震えるほど大きな声であった。

思わず額を床に押しつけて、綾子は謝った。

「すみません！　出すぎたことを……」

すぐに西園寺は、震えている綾子の背中を擦りながら言った。

「いやいや、済まなかったな、怒鳴ってしまって」

綾子にも椅子に座るように促して、互いに向かい合った。

「わしはな、たとえ政治家であっても、自分の身勝手で人々に迷惑をかけることがあってはならん、と思っておる。井上候は、長者荘の前を通る時には、急行列車にはスピードを落として徐行させたり、国道を通る馬車の車輪の音が屋敷に聞こえないように筵《むしろ》を敷き詰めさせたりしたそうだが、わしにはできない」

綾子は、西園寺の心情を吐露する真っ直ぐな言葉を、一言も漏らすまいと、瞼を思い切り見開いて聞いている。

「わしは、自分のわがままで他人に迷惑をかけたり、派手に振る舞ってちやほやされたり、目立って注目されたりすることが、大の苦手なのだ」

ここで西園寺は、一枚杉板の鏡張り天井を見上げて、再び綾子に視線を落とした。

「忘れないうちに伝えておこう。世には銅像好きもいるようだが、わしの銅像はたとえ小さくても作ってはならん！　それと、わしがもし死んだら持ち物や手紙などは残さずに全て燃やしてしまいなさい」

（そこまで……）

「お上のお気持ちがよう分かりました。これからは心がけて参ります」

綾子は心底から、清廉なお上に付いていこうと思った。

「頼んだぞ。わしも『百事如意《ひゃくじにょい》』を心がけて頑張っていくからな」

西園寺が右手で空に書いた。

「百事如意とは、居間に掲げてある掛け軸の四文字ですね」

「全てのことが本来のあるべき方向へ動いてほしい、との願いを込めている」

綾子は、多くの著名人から所望されるという西園寺の字形を改めてじっくりと眺めた。

いかにものんびりとした穏やかな筆づかいである。

なるほど、「書は人なり」、――そして「別荘も人なり」なのであろう。

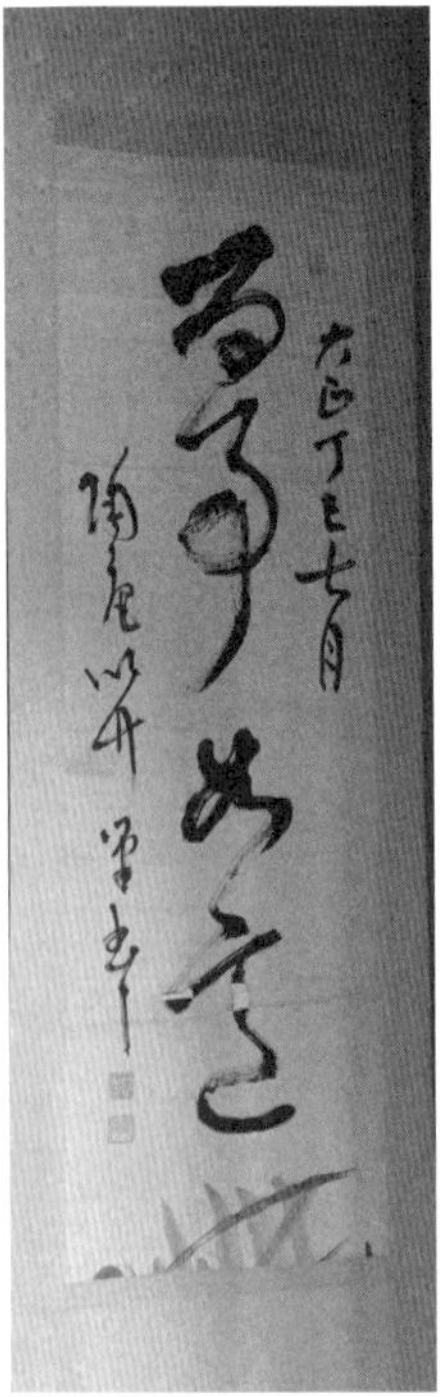
百事如意の書

第4章

憧れのパリ

パリからの帰路。花子（中央）と共に

五月晴れの朝。

爽やかな甘い香りが、薫風に乗って坐漁荘の寝室に舞い込んできた。興津に来てから、蜜柑には白くて可憐な花が咲くこと、甘酸っぱい爽やかな香りがあることを西園寺は知った。

朝食はパンにバターが多い。若き日のヨーロッパの留学で身についた食習慣であった。食事にこだわる西園寺にとって、世界の三大料理に挙げられるフランス料理は大のお気に入りである。もちろん和食も好物で、さっぱりした味を最近は好む。かの北大路魯山人から、鯛の食し方を褒められるほどの食道楽なのである。

朝日を浴びて食する西園寺の姿が、綾子には神々しく見えた。

「今日は食が進みますね」

「興津の田中屋が取り寄せてくれるパンは美味しいのう」

ずっと尋ねようと思っていたことがあった。綾子の知らない西園寺の若き日の話である。

「私は、まだ外国へ行ったことがありません。お上、海外留学した時のお話を今日は聞かせていただけませんか？」

二人は縁側に座り、近所でもらった煎茶を飲み始めた。その年の最初の新芽を摘み採った新茶は、入れるたびにその表情や味わいを変える。一煎目は甘く、二煎目は渋く、三煎目は苦くなる。西園寺は二煎目の渋さが、綾子は一煎目の甘さが好みである。

ちょうど二煎目の茶を飲み始めてから、西園寺が語り始めた。

「フランスに留学したのは二十一歳の時であった。当時の日本はまだ大型船を造る技術がなかったから、アメリカの汽船コスタリカ号で横浜から出航した。太平洋では鯨の大群が潮を吹く姿に驚喜した。サンフランシスコ、ニューヨーク、ワシントンとめぐり、大西洋を渡っていた時だ。風雨が来る日も来る日も激しく大荒れであった。船体が激しく揺れるので、八日間も船酔いが続いて死んでしまうかと思ったな」

「八日間も！」

「イギリスに立ち寄ってから、フランスにようやく到着した。その時はすでに横浜から出航してから二カ月がたっていた」


西園寺はフランスの地に立ち降りた時の感激が蘇り、綾子がいることも忘れて回想していた。

放射状に延びる大通りを束ねるかのように居座る凱旋門。

整然とした重々しい街並みと石畳の整備された道路。

東西を悠然と流れるセーヌ川の両岸にひしめく、ルーブル美術館。

シテ島に屹然《きつぜん》と建つノートルダムの大聖堂。

ローマ帝国時代から中世ロマネスクやゴシック建築、ナポレオン時代から産業革命期の力強い建築までの二千年を超える歴史の記念碑的な文化遺産の迫力に圧倒された。

「我が日本を世界の中から俯瞰《ふかん》する！」という基軸が、この時から西園寺に生まれた。

パリに到着した一八七一年は、ナポレオン三世がプロイセン軍に降伏したことに抗議した労働者がパリ・コミューン（革命市民政権）を樹立したが、七十二日で政府軍に鎮圧されるなど政情は安定していなかった。

西園寺は政治というものが、どんな力学で動かされ、どんな事情で変転していくのかを敏感に察知しながら、西洋の物質的な豊かさや文化の魅力に傾倒していった。

西園寺のお気に入りの場所は、パリ北部の小高い丘に在る情緒あふれるモンマルトルであった。モンマルトルには世界中から多くの芸術家が集まって活気が漲り、夜になっても人々の喧噪が途切れることがなかった。もちろん、西園寺もし

パリの上空より（大通りを束ねる凱旋門）

ばしば喧噪の主になっていた。

「パリのソルボンヌ大学に留学したのは、当時、最も進んでいたヨーロッパの文明を学ぶためだった」

「ヨーロッパは何が進んでいたのですか？」

好奇心旺盛な綾子は、西園寺のことが何でも知りたいのである。

「五十年前だが、何でも進んでいたぞ。服も食器も家具も船や汽車も『工場』という場所で大きな機械を使って次から次へと作られていく。手作りとは違って、全く同じ製品を大量に作ることができるからな」

十八世紀後半のイギリスに始まった『産業革命』は、動力が人力から水力となり、そして蒸気機関へと発展するに従って、生産技術が飛躍的に発展して工業化を促進した。大規模な工場と化した先進国は、ものへの欲求を満たすため、世界中へ新たな原料産出地と製品供給先―「植民地」を求めた。植民地を広げようとする野望が、きっと帝国主義を拡大させるのであろう。

帝国主義が西欧だけにとどまらずに拡散することを西園寺は予想していた。なぜなら、植民地の奪い合いの根底には、人間の本性である、あくなき欲望が渦巻いていることを感じていたからである。

熱狂する先進国の仲間に日本が入る前に、帝国主義に代わる世界の大きな仕組みを創り出す必要があることを薄々と感じていた。

そんな西園寺の心配をよそに、綾子が目を輝かせ聞き入っている。

「今、ようやく日本に広まってきた産業ですね」

西園寺は懐かしそうに目を細めて語り続けた。

「自由・平等・言論の自由などの人権、という考え方があることを初めて知った。人権とは……」

言いかけて、西園寺が急に話題を止めた。

留学中に出会った、あの親友の顔が思い浮かんだからである。

第5章

フランスの親友

フランス首相クレマンソー

フランスにも日本と同様に四季があるが、夏でも湿度が低いからかさっぱりとしている。気候だけではなく、人づき合いもさっぱりしているように感じた。

西園寺は多くのフランス人と知り合い、語り合って交流を深めてきた。

日本人はまず、身分や立場からその人の考えを探ろうとするが、フランス人は個の内面を知ろうとする。その人がどんな意見や考えを持っているかが、人間づき合いの基にある。従って、自己を主張しない人間は相手にされないのである。

本来、出しゃばることが好きでない西園寺であったが、ここフランスでは日本人の代表としての責任を自覚して、必ず主張することを心がけてきた。

そんな時、社会主義を説く法学者のアコラスに興味を持って、入門を果たした。門下生には、中江兆民や光妙寺三郎ら日本人もいたが、後にフランスの総理を務めることになるクレマンソーとも出会うことになった。

「そうだ！　私の親友の話をしよう。留学中に同じアコラス先生の元で、共に学んだクレマンソーだ」

綾子が盛んに頷いている。この話を一番聴きたかったのであろう。

「彼とはとても気が合って、夜中までワインを飲みながら盛んに政治・経済・社会・文化、そして愛についても議論をしたものだ。互いの意見を戦わせて喧嘩することさえあった。忘れられない親友の中の親友だ」

二人から自然に笑顔がこぼれている。

「公費で留学させてもらっていたから勉強をしたぞ、鼻血がぼたぼた落ちるほどな」

「まあ、本当に？」

目を丸くした綾子は、もちろん勉強しただろうけど、酒や女の遊びも鼻血が出るほど夢中になっただろう、と勝手に想像して一人でほくそ笑んでいた。

「彼の紹介で、オノレ・ド・バルザックの『ゴリオ爺さん』、ヴィクトル・ユーゴーの『レ・ミゼラブル』などの骨太なフランス文学を夢中になって読んだものだ」

「日本文学に造詣の深いお上は、彼に何を紹介されたのですか？」

「平安時代に紀貫之《きのつらゆき》らによって編纂された『古今和歌集』を紹介した。フランス語の翻訳本に『蜻蛉集《せいれいしゅう》』と名付けて置いてきたぞ」

蜻蛉集は、西園寺とフランスの女流作家ジュディット・ゴーチェとの共著で、パリに留学していた洋画家山本芳翠《ほうすい》が日本的な挿絵と装幀を担当した。ジャポニズム全盛のパリで大評判となったのである。


紀貫之と聞いて、京都の家族と正月に愉しんでいた「百人一首」を思い出した。

「確か、小倉百人一首に紀貫之の和歌がありましたね」

西園寺も嬉しそうである。

「よく分かったな。〝人はいさ　心も知らず　ふるさとは　花ぞ昔の　香に匂ひける〟。この歌を詠むたびに、故郷《ふるさと》日本の馥郁《ふくいく》たる梅の香りを懐かしんだものだ」

「日本の、日本文学の力ですね」

綾子は思わずうれしくなり、「日本」という言葉を何度も繰り返していた。

西園寺が何を思い出したのか、突然笑い出した。

「そうだった。親友のクレマンソーから世界の民族の違いを聞いた時には、腹を抱えたぞ」

何か面白そうである。

「ジョークなのだが、的確に世界の民族を表しているのだ。様々な民族が乗った豪華客船が沈没しそうである。早く飛び込まないと乗客の命が危ない。そこで、船長は何と言って乗客を海に飛び込ませるか、という場面なのだ」

西園寺は大きく唾を飲み込んだ。

「イギリス人には、〝紳士はこういう時に飛び込むものです〟

ドイツ人には、〝規則では海に飛び込むことになっています〟

イタリア人には、〝さっき美女が飛びこみましたよ〟だ」

「まあ」

綾子は、両頬に手を当てて声を上げた。

「アメリカ人には、〝海に飛び込んだらヒーローになれます〟

私の留学したフランス人には何と、〝海に飛び込まないでください〟なのだ」

綾子は聞き間違えたのかと思い、尋ねた。

「え、どういうことですか？」

「フランス人はプライドが高くて偏屈なところがあるのだ。だから右と言われれば左へ行きたがる」

そんな民族もいるのかと、綾子には不可解であった。

「ところで、日本もあるのですか？」

綾子が一番聞きたかったことである。

「それがあるんだ。綾さん、何だと思う？」

考え始めて、真っ先に浮かんだのは、お仕えする西園寺の顔であった。

「飛び込めば、みんなに迷惑をかけませんよ！」

「これ、これ、それは私の言葉ではないか」

やはりばれてしまったかと、綾子は思わず亀のように首を引っ込めた。

「分かってしまいましたか？　すぐにお上の顔が浮かんだものですから……」

「日本人には、〝みんなもう飛び込んでいますよ〟だ」

綾子は、口を開けて大きく頷いてしまった。

「実は私も、うなってしまった。我々日本人の集団性を、見事に表現しているからだ」

難しい話も、尋ねてみたくなってきた。

「政治の話も少し、教えていただけませんか？」

「クレマンソーと私は、健全なナショナリズムだった。国際社会では自国優先の立場からでなく、世界的視野から、それぞれの国の個性や立場を尊重する考えだ。現在は、イギリスやフランス、そしてアメリカと協調して、世界を導いていく必要があると考えている。クレマンソーも、世界が互いに自国の利益ばかりを優先して、他国を一方的に支配しようとする帝国主義の考えに反対であった」


軒下にツバメが盛んに飛来している。巣作りを始める時期である。

湯飲みに残る鮮やかな緑茶を眺めながら、西園寺はゆっくり語り始めた。

「あの親友のクレマンソーと四十年ぶりに出会うことになったのだ。しかもあんな場で出会うとは……」

新聞やラジオで毎日のように取り上げられ、日本中が沸き立ったあの日の出来事を綾子は思い出した。

「日本中が注目していた『パリ講和会議』ですね！」

「第一次世界大戦」は、死傷者が三千万人にも及び、世界の三十六カ国を巻き込んだ大規模な戦争であった。ドイツを中心とする同盟国の敗戦により一九一八年十一月に終結したが、戦争の傷跡があまりに大きく、各国が当惑していた。

翌年、フランスのパリで世界の三十三カ国が集まって講和会議が開かれることになった。日本でも「パリ講和会議」の首席全権を誰に任せるのかが大問題となった。居並ぶ列強の代表と対等に渡り合える人物であることが第一条件であった。会期は半年間に及ぶことが予想され、現職の大臣は参加できそうにない。

そこで白羽の矢が立ったのが西園寺公望である。西園寺は古希であることを理由に何度も断ったが、「国家のために最後のご奉公をしよう」と再三の要請に腹を決めた。十年間留学したフランスを再び訪れることができるので、内心喜んでもいた。

一九一九年六月、パリ郊外のベルサイユ宮殿で調印されたことから、「ベルサイユ条約」と呼ばれる。会場となった荘厳できらびやかな「鏡の回廊」には、議長であるフランス首相クレマンソーを囲んで、イギリス首相ロイド・ジョージ、アメリカ大統領ウィルソン、イタリア代表団首席オルランド、そして日本から首席全権委員の西園寺公望が並んだ。西園寺は副議長をクレマンソーから頼まれていた。

議題のほとんどがヨーロッパ問題であったので西園寺の発言が極めて少なく、外国記者から「スフィンクス」と呼ばれるほどであった。

戦争嫌いの西園寺は、戦勝国が敗戦国の領土を奪い合うのを好まなかったが、敗戦国のドイツが過酷な条件を強いられ、領土だけでなく本国も縮小させられたことに、心を痛めていた。

スフィンクスと揶揄されていた西園寺が目覚めたのは、ウィルソンが提唱した「国際連盟」の議論の場であった。帝国主義に歯止めをかけて軍縮を促進させる理想を掲げ、世界史上初めての平和維持の試みに、西園寺は大いなる期待と希望をもっていたからである。
一方、日本本国からの要求であった中国山東半島のドイツ利権問題を解決することなく帰国することになってしまい、軍部から大いなる失望と深い憎悪を受けることになった。

「大正八年、原敬《はらたかし》総理大臣から私は、全権を任されて、世界三十二カ国が一堂に集まるベルサイユ宮殿へと向かった。フランスからは親友のクレマンソーが、首相で来ていた。嬉しいやら懐かしいやらで、二人はしばし抱き合った。すると、彼がアメリカのウィルソン大統領に『私の同窓生の西園寺だ、よろしく！』と紹介してくれたのだ」

列国の首脳たちと立ち並ぶ西園寺の威風堂々たる姿を、綾子は西洋画の皇帝のように想い描いていた。
「国の代表という大きな荷物を背負うもの同士ではあったが、世界の平和を求める気持ちは四十年前と全く変わっていなかった」

「運命の出会いだったのですね」

「第一次世界大戦の終結のために開かれたパリ講和条約では、世界が連携して平和を求めていこうとする国際連盟の発足が決められた。議長国のクレマンソーの後押しもあって日本は常任理事国に入り、悲願の世界五大国の仲間入りができたのだ。一等国となり国際社会への発言力が高まったが、同時に責任も高まってきていた」

半世紀前にパリに留学した時には大型船を造る技術さえも持っていなかった我が日本が、今や世界という大船団の旗艦まで任されている現実に、西園寺は目頭が熱くなるのだった。

刻々と色を濃くしていく茜色のパリの夕焼けを、西園寺はホテルのバルコニーで、時が経つのも忘れて独り眺めていた。

第6章

西農園

坐漁荘書斎にて

西園寺は、坐漁荘から西側に徒歩で数分の距離にある「西農園《せいのうえん》」に出かけるのが、楽しみにしている日課の一つであった。

「西農園」は、現在の執事である熊谷八十三《やそぞう》が丹精を込めて育てている農園で、枇杷《びわ》、柿、無花果《いちじく》、蜜柑の果物や野菜が様々に育てられていた。

熊谷は農学博士であり、興津の農商務省園芸試験場の技師として一九一二年（明治四十五年）にワシントンに贈った十二種三千二十本の桜の苗木を育てた人物でもあった。

日本に残った苗木は興津の薄寒桜として二月の開花が興津町の誇りとなって、「寒桜まつり」が盛大に催されている。一方、ワシントンポトマック河畔を鮮やかに彩る桜は、日本との友好の証しとして根付き、今でも市民の目を楽しませている。

熊谷は時々坐漁荘に立ち寄り、季節の野菜や果物を届けてくれるので、台所を預かる綾子としては大変ありがたかった。朝採りした新鮮な野菜を西園寺が満足げに食する姿は、何よりの喜びであった。毎年毎年、品数が増えるだけでなく、品質が向上しているのが分かる。

昨年のことである。

「いただいた枇杷は、甘くて瑞々しく肉厚もあっておいしくいただきました。ただ皮が硬くて剝くのに難儀致しました」

雑談の中で熊谷に愚痴をこぼしたことがあった。

すると次の年の枇杷の皮が、するりと剝けたのである。

驚いて綾子は尋ねてみた。

「今年の枇杷は、実が色づく前に一つ一つ種類の異なる紙袋に包んで、時期もずらして成熟や表皮の違いを試行してみました」

とさらりと答えたのである。

博士としての性分なのだろう。品質の良い作物、皆に喜ばれる作物を育てようと絶えず追求し続けている。

「今日、熊谷様から、温州蜜柑《うんしゅうみかん》が色づいたので食べに来てくださいとの知らせがありました」

「そうかそうか、もう蜜柑の時季になったか」

晩秋の爽やかな風が、頬に心地よい。

山には秋の日差しを存分に浴びた蜜柑が色づき、陽光に満たされて微笑んでいるかのようである。

「お上、少々お待ちいただけますか。昨日いただいた手打ち蕎麦のお礼を申し上げてきます」

と言って綾子は、暖簾をくぐって青木たばこ屋の玄関に入った。

「およねさん、いつもいつも手打ち蕎麦をいただきありがとうございます」

前掛けをして少し腰の曲がったよねが出てきた。

「あら、綾子様」

「お上は、お蕎麦を旨い旨いとおっしゃって、珍しいことにお替わりまでされましたよ」

「本当にうれしいね。お殿様の褒め言葉は我が家の家宝だよ」

「お上ったら、私たちに『しばらく蕎麦の修業に行ってこい！』とまでおっしゃるのですよ」


後日、たばこ屋のよねは女中たちだけでなく料理担当のコックにも、蕎麦の打ち方を伝授するために坐漁荘へ出かけたのであった。

西農園に着くと、待ち構えていたかのように熊谷は籠に山盛りの蜜柑を持って出迎えた。


蜜柑好きの西園寺の頬も橙色に輝いて嬉しそうである。

「今年は豊作だの」

「気候に恵まれたこともありますが、この土地の性質や癖が分かって参りましたので……」

「ほう、土にも人間同様に性質や癖があるのか？」

「人間以上にあるやも知れません。土は生物や人類の生存の場です。ですから、土を知ることは生物の営みを知ること、生物の営みを知ることは人間の繁栄をより確かにすることでもあります」


西園寺は熊谷が土や樹木や野菜に語りかけている姿を、何度か見かけたことがあった。

「野菜などに熊谷さんがいつも話しかけているので不思議な人だと感じていたが、少し得心がいったぞ」

「もちろん適不適もあります。ここ興津、この静岡県の地は温州蜜柑栽培に適しているようです。静岡は明治三十二年から栽培を始めて、昭和十年には和歌山県を抜いて全国一位になりましてございますから」

「そうか……。政治の世界も、蜜柑栽培のように順調に進めば良いがのう」

農園で寛いでいる時でも、つい、国政の事が気になってしまう西園寺であった。

大正天皇即位の折に勅語を賜った元老（山県有朋《やまがたありとも》・松方正義《まつかたまさよし》・井上馨・大山巌《おおやまいわお》・桂太郎《かつらたろう》・西園寺公望）は六人であった。山県有朋が亡くなり（大正十一年）、松方正義が没して（大正十三年）からは、西園寺がただ一人の元老として天皇のご下問に答えていた。

世間では「興津詣《おきつもうで》」といわれていることは知っていた。明日は、近衛文麿《このえふみまろ》が来ることになっている。たった一人の元老になってしまってから訪問客が増えてきたのである。西園寺は珍しく、人前で嘆息してしまった。

「何を弱気なことをおっしゃいますか。ただお一人の輔弼《ほひつ》――元老ではありませんか！」

熊谷の言葉が届いたのか届かなかったのか、西園寺は収穫を終えたばかりの蜜柑の樹木をしばらく眺めていた。

「熊谷さん、最近は目が悪くなってきたのかい？」

「なぜでございますか？」

「よく見てみなさい。どの木にも見逃したのか、切られずに残されている蜜柑が一個ずつある」

「あれですね」

熊谷は一呼吸して答えた。

「わざと切らずに置いてあるのでございます」

「何、わざとだと⁉」

西園寺が仰天の声を上げた。

「私たち日本人は、祖先より収穫への感謝と神様への捧げ物として一つだけ切らずに残しておくのでございます。木守《きもり》と申します」

「何？　木守となと」

「未来への収穫の祈りであると共に、鳥にも食べさせてもやるのです」

「何？　害鳥のために切らずにおくとは……」

自然への処し方が西欧の国々と日本とはこんなにも違うのかと、西園寺は唸った。

西園寺は、どんなブドウの実も綺麗さっぱり丸ごと収穫してしまうフランスのブドウ畑の光景を想い出していた。

「日本人は自然と共に生きようとする。しかしヨーロッパの人たちは、科学の力で自然を乗り越えようとするのだ」

「自然への向かい方が、世界とは全く違うのですね」

二人は同時に頷いていた。

さらに、ヨーロッパ留学で感じた宗教観へと話題が広がっていった。

「神様への向かい方も違うぞ。日本では、一木一草《いちぼくいっそう》にも神性《しんせい》が宿っていると考え、無数の神様が崇拝されている。だから争いを好まず、他の宗教にも寛大である。ヨーロッパはキリスト教を崇拝する一神教である。だからであろう、宗教の違いから戦争にまで発展したことがあった」

キリスト教の宗教改革が発端となった宗教戦争は、カトリック（旧教）とプロテスタント（新教）の対立から十六世紀から十七世紀にかけてヨーロッパ中を巻き込んで大規模に起こっている。

次から次へと展開する西園寺の奥深い話に、綾子は頷くことを忘れて聴き入っている。

「日本人の共存しようとする精神や他を攻撃しない寛容さこそ、これからの国際社会とのつき合い方では必要なのだ。他国を自分の主義や都合で支配しようとする帝国主義では、決して世界は平和にはならん！」

西園寺の語気が強くなっている。

「日本人らしさは、世界でも通用するのですね！」

「もちろんだ！　しかし、日本の良さを忘れて西洋の真似ばかりしている日本人が多すぎる」

進んだ文明の表層部分にばかり目がくらみ、深層部分の日本文化の豊かさやしなやかさに気がつかない人間が、政治家の中にも多いことを西園寺は知っている。

「大和民族の魂を忘れて、支えとなる心棒をなくしてしまっているから、肚《はら》が据《す》わらずふらふらと漂ってしまうのだ」

西園寺がめったに語ることのない揺るぎない信念を、鋭い眼光と激しい語気の中からはっきり感じた綾子であった。

第7章

三ッ星屋

第6回　雨声会（左から6人目が公）

若緑の梅の実がたわわに枝に張り付いている。

西園寺はなぜか嬉しくなり、ヴァイタガラス張りのサンルーフから裸足のまま本麻草履を引っ掛けて庭に降りた。湿気を帯びた潮風が清見潟より吹き、頬にまとわりつくようである。

青梅を慈しむように手に取った。

（一雨ごとに成育しているようだ。梅雨とは、巧く名付けたものだ）

香りを確かめようと鼻を近づけると、綾子の呼ぶ声が聞こえた。居間の縁側から首を伸ばしている。

「お上、そろそろ三ッ星屋さんへお出かけする刻限でございます」

三ッ星屋とは、坐漁荘から東へ二十分ほど歩いた沢端川の袂にある「田中食料品店」のことである。興津にしては珍しく東京や京都から仕入れた商品を多く扱う店で、近隣の旅館や別荘からの注文も入るそうだが、西園寺が殊のほか贔屓にしている店でもあった。品物はもちろんのこと、爛漫で如才なく振る舞う幸子の存在も大きかった。地元では看板娘と呼ばれている。

梅雨の晴れ間は日差しが眩しい。

大島紬の夏羽織に新調した真っ白いカンカン帽の西園寺は、気分も颯爽としていた。

一歩下がって西園寺に従って歩く綾子の口元が、今日は緩んでいる。

「お上は、三ッ星屋さんが大のお気に入りですこと」

「ここ興津に居ながら、選りすぐりの品を手に取ることができるからな」

何食わぬ顔での返答に、綾子は嘴《くちばし》を入れたくなった。

「あら、理由はそれだけですか？」

西園寺は眩しそうにカンカン帽に手を掛け、急に早足になった。

「そうだそうだ。注文してあった京都の金平糖が届く頃ではなかったか？」

「ならば、坐漁荘に届けてもらえば宜しいものを…」

いつもはここで黙るのだが、蒸し暑さがそうさせるのであろう、綾子は西園寺の袖を軽くつまんだ。

「本当は、看板娘の幸子さんにお会いになりたいからではございませんか？」

西園寺の来訪を伝えてあったからか、店先で幸子が弾けるような笑顔で迎えた。

「殿様、ようこそお越しくださいました。お待ち申し上げておりました」

癇癪を起こした時以外あまり表情を変えない西園寺であるが、今日は目尻が下がっている。

「幸子さん、皆は息災であったか？」

「はい。お陰様でつつがなく暮らしております。二人の娘たちも賑やかすぎて困っております」

西園寺が満足そうに頷いている。

その姿を見ていた幸子の視線が釘付けになった。

「あら、カンカン帽！」

初夏の日差しを跳ね返すように、白が眩しく煌めいている。

「白いお帽子が、とてもお似合いですこと！」

「丁度な、東京から届いたばかりでな」

綾子は下を向いて「くすっ」と笑った。もう二週間も前に、カンカン帽が届いていたからである。


「外は暑いですから、店の中へお入りください」

幸子に勧められるまま、いつもの座布団に落ち着いた。西園寺専用の席である。渇いた喉に若緑の新茶が染みこんでいくようで、二杯目を所望した。


隣に幸子が座るや、店の奥から姉妹の口争いが聞こえてきた。

「弟の博を負ぶって学校に行くと、授業中でも大泣きされて困ってしまうのよ。姉さん、どうしてかな？」

尋常小学校五年の文子が、守り当番を嘆いている。

「それは、あんたの負ぶい方が下手だから。ぐらぐらガタガタと揺れたら安心して眠れないのが当たり前でしょ。まだ博は一歳の赤ちゃんよ」

年長の信子からの容赦がない指摘が、文子を傷つけた。

「まあ悔しい。お姉さんはなんて意地悪なの！」

涙が今にもこぼれそうである。

「だったら、子守りをずっとお姉さんに押しつけてしまうから！」

「それは駄目。二人で交代してお世話しようと、決めたはずよ」

可愛い弟であっても毎日毎日のお世話があっては、好きなことや友達とのおしゃべりができない。妹には気持ちよく働いてもらわなければ困る、と信子は改めて気づいた。

「そうそう。今し方、『赤い鳥』の十号が届いたばかりよ」

「ええっ、今日だったの？　嬉しい！」

『赤い鳥』は、鈴木三重吉が一九一八年（大正七年）に創刊した童話と童謡の児童文芸誌である。高尚で芸術的な読み物や童謡が大評判となっていた。

「ねえ。先に読ませてあげるから、ご機嫌、直してくれない？」

いつも先に読んでいたのは姉の信子だったのだ。

「本当に？　先に読ませてくれるの？　だったら、だったら特別に許してあげる」

文子の不機嫌は、『赤い鳥』のように空高く飛び去ってしまったようである。

信子は胸をなで下ろした。

「毎号多くの作品が載ってくるけど、文子はどれが気に入りなの？」

「そうね。芥川龍之介の『蜘蛛の糸』もいいけど……、大のお気に入りは、新見南吉の『ごん狐』かな」

「あんたもそうなんだ。私も『ごん狐』が好き。ごんが兵十に火縄銃で撃たれてしまった最後の場面は、かわいそうで泣いてしまったわ」

「二人とも、西園寺公爵がいらしているから、しっかりご挨拶をしなさい！」

いつもの騒動が無事に終幕したのを見届けてから、幸子は娘たちに声を掛けた。

「まちの殿様、こんにちは！」

先程のけたたましい騒ぎが全く無かったかのように、姉妹は弾むような笑顔で挨拶した。

「お暑い中、お越しいただきありがとうございます！」

姉が機転を利かせた。

「三ッ星屋をご贔屓いただき、毎度ありがとうございます！」

妹は商魂を利かせてしまった。


子どもに接すると凝り固まった気持ちがほぐれてくる。

「子守の合間にも読書を欠かさないとは、とても感心感心。どんなに忙しくても、読み書きなどの学問をおろそかにしてはいかんぞ。将来の大きな夢のためにもな」

「はい！」

「私は女学校の教師になるため、先生のお話を漏らさずに帳面に写すようにしております」

信子が生真面目に応えた。

「私は電話交換手になるため、明るい挨拶と真心溢れる言葉遣いを心がけております」

文子は快活に応えた。

「そうか。そうか。先程の言葉遣いはちと激しすぎるが、真心だけは籠もっておったぞ」

すっかり西園寺に姉妹喧嘩を聴かれてしまい、二人はしょげた赤い鳥のように顔を染めた。


先年、坐漁荘東側にコンクリート造の書庫を新築した。蔵書を収める場所が手狭になっただけでなく、五・一五事件以来続く要人暗殺への備えでもあった。台所窓を出入口に改造して、西園寺がすぐ避難できるシェルターとして考えていたのである。

綾子は厳めしい原書や専門書に圧倒されながら書庫の整理を手伝った折、執事の熊谷八十三から驚愕の事実を聞かされていた。

自らの雅号を「紙魚《しみ》（本を食い荒らす白い虫）」と名付けるほど読書好きな西園寺が、天下の文豪二十余人も招いて文学談義をしていたというのだ。三十年前の出来事だったとはいえ、綾子には大事件だった。

「お上が内閣総理大臣をされた頃、著名な文人を招待して歓談する宴を催されたそうですね。当時、日本中で大きな話題になったと熊谷様からお聞きしていますが……」

文学好きの幸子はもちろん姉妹も初耳で、一斉に、西園寺に熱いまなざしを向けた。

「そんなこともあったな。あれは一九〇七年（明治四十年）、初めて内閣総理大臣になった翌年であった」

西園寺が重い事典を一枚一枚めくるように、噛みしめながら語り始めた。

皆が固唾を呑んで聴いている。

「わしはずっと不満であったのだ。明治維新より進めてきた富国強兵策は、真の独立国となるためには必要であった。だが、それだけでは殺伐として情趣がないのだ。政治家として何か忘れていることや足りないことがあるはずだ。その正体をずっと探し続けてきた……」

ちょうど東海道線が興津駅に到着するようだ。金属同士がこすれ合う摩擦音が不快に耳につく。西園寺は眉間にしわを寄せて、しばし黙った。

「その正体とは、馥郁《ふくいく》たる文化の香りだったのだ！」

「文化の香り？」

「故に政治家と縁遠かった文学者らを呼び、政界に文化の風を招き入れようとしたのだ。それが『雨声会』だ」

「うせいかい？」

綾子が首をかしげた。

「雨の雫のように文化人たちの生の声が聴かれる会、だから雨声会。滴り落ちる文学の雨にしっぽりと濡れることを愉しむ宴にしたかった。無論、政治談義は禁止だ」

四人は軒下で雨宿りするかのように身じろぎもせず聴き入っている。

「駿河台の私邸から常磐屋の大広間に場所を移して、七回は催したな。文明論、文化論、人間論などが縦横に交錯して、実に愉快な席であった」

「ところでお上、どなたを招待されたのですか？」

最も知りたかった疑問を折よく綾子が訊ねた。

「参加したのは、泉鏡花、国木田独歩、島崎藤村、田山花袋、徳田秋声……。そうそう森鷗外もおった」

「えっ、森鷗外！」

幸子は心臓が止まったかのように両手で胸を押さえた。

「幸子さん、どうしたのだ？」

「森鷗外というと、あの森鷗外さんですよね。あの『舞姫』を書かれた森鷗外さんですよね？」

興奮して何が何やら分からぬ様子である。

「『舞姫』は私の愛読書で、何度読み返したか知れません。恋に狂ってしまうほど想い詰める男性がいるドイツ人女性のエリスが哀れでもあり、羨ましくもあり……」

「えっお母さん、羨ましいの？」

娘に指摘されて忽ち母親に戻った幸子は、顔を赤らめながら西園寺にお茶を勧めた。

「幸子さん、確か坐漁荘の書庫に、鷗外が著した『舞姫』の初版本が在ったはずだから、今度取りに来なさい」

「それほどのお宝を、本当にいただいて宜しいのですか？」

「喜ばれる人に渡れば本望だ。探し出しておくよう、熊谷に頼んでおこう」

「まるで夢を見ているよう……、ありがとうございます」

当の幸子だけでなく、姉妹も母に釣られて頭を下げている。

「わしは文士たちから『陶庵先生』と呼ばれていたが、世間からは変わり者の通人に見られていたようだ。新聞社がこぞって『風流宰相』などと揶揄しておったからな」

「まあ、ひどい！」

綾子が怒ると、皆が同調して頷いた。

「父親がかつてお上のことを、このように申しておりました」

門徒に説法している綾子の父、漆葉法雲の口調になっている。

「知っておろう。西園寺公爵はただ者ではない。居並ぶ明治の元勲たちの中でも、その教養と人柄は『群鶏の一鶴』であるぞ！」

「もう良い、もう良い」

幾つになっても褒められるのが苦手な西園寺が、綾子の話を制止した。

「すっかり長居してしまったようだ。帰るとしよう」

すくと立ち上がろうとしたが、持参したはずの杖が手元にない。

「お上の黒い杖を見かけなかったかしら？」

咄嗟に綾子が訊ねた。

西園寺の足下に六尺ほどの長い杖が横たわっているのを、目敏く幸子が見つけた。前掛けをめくって白い手で杖をつかむと、握りに文字が彫られている。

「殿様、杖に文字が彫られてあるようですが？」

西園寺は内心嬉しかった。三日間もかかって彫り込んだ、こだわりの四文字だったからである。

「培根達支だ！」

「培根達支」とは、南宋中国の哲学者朱子（朱熹）が著した「小學」にある。「人生を豊かにし学問を大成させるには、生き方の根本である学びの基礎・基本を若い内にしっかり養い育てることが重要である」との意味で、自身の余命を数え始めた西園寺が子孫に遺したい言霊であった。

澄んだ眼差しで見つめる姉妹に、西園寺が優しく語り掛けた。

「信子さん、女教師になって一人一人が生き生きと活躍できる自由主義社会の実現者に成りなさい。文子さんは電信で世界をつなぎ、世界が協調して平和を企図する人間に成りなさい」

「は、はい……」「あ、あ、りがとう……」

二人は返事ができなかった。時代に翻弄されて霞んでしまった将来像を「まちの殿様」からはっきり教示された二人は、感激のあまり涙が止まらないのであった。初夏の陽光を浴びた涙が頬からこぼれて、真珠のように白く煌めいていた。

幸子らに見送られて坐漁荘に向かう西園寺の瞼には、溌剌とした姉妹が映っているようである。

別荘旅館の水口屋《みなぐちや》前で、西園寺の足がぴたりと止まった。ここ興津の地に別邸建築を決断したのは、一碧楼《いっぺきろう》と賞賛される水口屋の連泊がきっかけだった。岩倉具視公や三条実美公も散策したであろう庭を、当主の望月半十郎が掃いているのが見える。

（明日は、竹越与三郎《たけこしよさぶろう》から『陶庵公』なる本の校閲を頼まれておったな。今頃、あの部屋で仕上げている最中であろう）


しばらくして西園寺が呟いた。

「その国が栄えるか衰えるかは……」

巣で待つ雛たちの餌を探し回っているのか、水口屋の広い庭を二羽の燕が高く低くせわしく飛び回っている。

「古今東西その国が栄えるか衰えるかは、未来の人材の質で決まってくるのだ」

「人材の質ですか？」

綾子が訊き返すと、西園寺が思いがけない言葉を付け加えた。

「豊富な人材が育てば、この日本が世界で重きを為すことができよう」

真っ直ぐ見据えたその視線の先には多くの若人が勢揃いしているのだろうか、いつになく清々しい顔であった。

京都市北区にある立命館小学校内には、「培根達支《ばいこんたっし》」の石碑が悠然と据えられている。西園寺の揮毫した言霊が、連綿として令和の世でも受け継がれているのである。

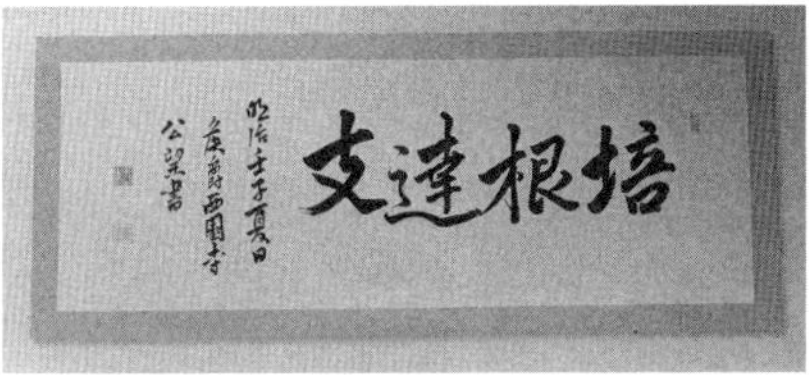

培根達支の書

第8章

国の宝

御殿場の別荘にて

西園寺は子供が大好きであった。

学びたい人が身分を超えて集うことができる家塾「立命館」（一八六九年、明治二年）を、二十歳の時に京都御苑の私邸内に創始したほど教育には関心が深かった。十年間の西欧留学で、武力による革命ではなく教育による啓蒙こそが新生日本には必要だと、西園寺は確信して帰国した。私塾は秘書の中川小十郎《こじゅうろう》が意志を継いで、自由と清新の「立命館大学」設立に尽力してくれた。一九〇五年（明治三十八年）には自ら筆を執って「立命館」の三文字と縁を七十五文字の扁《へん》額《がく》にしている。

日本の未来を託す子孫に「身分を超えて学びたい人が集う場」を設けたいとの宿願は、現在の立命館大学に脈々と受け継がれているのである。

あれから半世紀以上たった今、未来を託す子孫というより、純真無垢で真っ直ぐに生きる姿そのもの、子供の存在そのものが愛おしい好々爺になった。謀略が渦巻き魑魅魍魎《ちみもうりょう》が跋扈《ばっこ》する政治の世界にどっぷり漬かってきた西園寺にとって、心が洗われる子供たちとの時間は一服の清涼剤であった。

そんな西園寺の心根が判るのであろうか、興津の子供たちも西園寺を見つけると引き寄せられるように笑顔で近づいてくるのである。

誰もが西園寺のことを「まちの殿様！」と親しみを込めて呼んでいる。

今日も、子供たちが遊ぶ清見潟《きよみがた》の浜を、散歩のコースに選んだのである。浜から延びる野原の方から、子供たちの活気あふれる声が聞こえてきた。

西園寺は堅苦しい服装が嫌いであった。黒紋付きの羽織袴さえもできるだけ着たくなかった。今日もお気に入りの茶羽織に同じ色の着物を着て、ハンチング帽を被って出かけてきた。

百八十センチメートルある宗匠杖《そうしょうづえ》を手から離さないのは、外敵から身を守るためであったが、最近はつまずいて転倒しないためになっている。

「今日も、兵隊ごっこだ。みんな、集まれ！」

草の陰に隠れた隊長役の子の周りに、五人集まった。

「敵の宏《ひろし》たちは、岩山の上で作戦を立てているぞ」

「岩山が宏の軍、おれたちは草むらだ。銃を持って近くに集まれ！」

「ううん。ここの草むらは、隠れるにはいいが、攻撃がしにくいぞ」

「そうだ。落ち葉が多いから、落とし穴を作っても隠せるかも……」

「いい考えだ！　急いで作ろう！」

早速二人が、長い棒きれで穴を掘り始めた。

「おれは、新聞紙で爆弾を二十個作ってきたから、みんなもらってくれ」

「勇《いさむ》、おまえはいつも準備がいいな」

戦争ごっこの戦火が開かれようとしている。

「今日こそ勝つぞ！」

隊長が大声を上げると、大小様々な手作りの銃が高々と天を突いた。

「えいえい　おう！」

「えいえい　おう！」


西園寺と綾子は、しばし立ち止まって眺めている。

しかし綾子は、京都に残してきた息子のことをまた想い出していた。もう高等小学校に入っただろうか。ちょうどこの子たちと同じ齢である。泣きじゃくる我が子と引き離されたあの日は、薄暮のにじんだ雲が一面に垂れこめていた。

（今はどうしているのかしら？）

（母のことは、もう忘れてしまったかしら？）

威勢のいい快活な興津っ子といつも重なり、回想してしまうのであった。

「子供たちは、戦争ごっこを楽しんでおるな」

どれ位時間が経ったのだろうか。西園寺のつぶやきで綾子は我に返った。

「手、手作りの武器まで持ち寄って戦っているのですね」

しばらくして戦争が始まった。

「攻撃開始！」

「進め！」

「うわ、やられたぁ」

「気をつけろ、落とし穴があるぞ！」

「何だって？」

綾子はふと、興津に来たばかりの十年前の情景を想い出していた。

「そういえば、最近は草野球する子たちを見ませんね」

「以前は、坐漁荘にボールが飛んできて、バツが悪そうに謝りに来ていたがな」

「私がお上のお側に参りました時には、棒で打った手作りの球が毎日のように庭に飛び込んできましたわ」

「そうだな。野球は明治時代にアメリカから伝わったベースボールが始まりで、日本中に瞬く間に広まっていったからな」


遠くで、子供たちの叫ぶ声がする。

「学《まなぶ》が人質になったぞ！」

「一人で勝手な行動はとるな、負けてしまうぞ！」


西園寺の目に、砂嘴《さし》地形である三保半島の根元にある造船所が見えた。白煙がもくもくと勢いよく上がっている。

思い起こせば、パリ講和会議の題目は、恒久的な平和の確立にあったはずだった。ところが「ベルサイユ条約」は、戦勝国の利権が優先されて、敗戦国のドイツにとって過酷すぎる条件になってしまった。当然のごとく、ドイツ国内に激しい混乱を引き起こすことになった。国際連盟を主導したアメリカは、議会の反対に遭ったため発足当初から不参加となり、事実上連盟は弱体化していた。「ワシントン海軍軍縮条約」（一九二二年）で、主力艦保有数の割合がアメリカ・イギリス五に対して日本は三に抑えられていた。世界はアメリカ主導で動き始めているのである。

世界の安定・協調路線が当分続くかと思われていたところに冷や水を浴びせたのが、空前の好景気に沸くアメリカで発生したウォール街の株価大暴落（一九二九年）であった。これには世界中の資本主義国があおりを受け、株価の急落、企業の倒産が相次いで、失業者が町にあふれた。世界恐慌の始まりである。日本でも「昭和恐慌」と呼ばれ、深刻な不況に襲われた。

一九三三年にロンドンで世界経済会議が開催されたが、アメリカとヨーロッパ諸国との対立で失敗に終わり、経済的な国際協調の道は閉ざされた。本国と植民地を保護関税で守る自国優先のブロック経済を採るので、世界経済が列強ごとに分断されている。
経済と連動するかのように軍国主義的な風潮も高まり、全体主義的な体制に移行する国々が出始めてきた。その最たる国が、ヒトラー率いるナチスドイツである。ナチスドイツは戦勝国が突きつけた軍備制限の撤廃を要求して、これが拒否されると、一九三三年十月に国際連盟からの脱退を躊躇《ちゅうちょ》なく宣言してしまった。

一方、日本は陸軍の暴走で起こった満州事変で「満州国」を獲得していた。どのように理屈をつけても世界から承認されるはずがなく、国際連盟五大国の一等国であるにもかかわらず、あっさり脱退してしまった（一九三三年三月）。
国際連盟の成立に心血を注いできた西園寺の落胆は大きく、しばらく食事が手につかないほどであった。

「満州事変、日中戦争と続く戦争の足音が、子供たちにも聞こえるのであろう。

遊びの変化は、子供たちを取り囲む社会の変化でもあるのだ」

「子供たちの遊びにまで、戦争の影が……」

「子供は大人の鑑《かがみ》だ。戦争は何としても、食い止めなければならない……」

と言いかけた時である。


「あっ、まちの殿様だ！」

「本当だ、まちの殿様が今日も来てくれたんだ！」

「みんなで挨拶に行くぞ！」

子供たちが西園寺に向かって嬉しそうに駆けてくるのである。


「殿様、こんにちは！」

泥まみれ、土まみれ、砂まみれになった十人の男の子たちが次々と挨拶をした。


「やあ、こんにちは。戦争ごっこは楽しそうだな」

頭まで砂まみれの男の子が、こぼれそうな笑顔で答えた。

「はい。どきどきするから楽しいです」

「作戦を考えて、みんなで行動するのが楽しいです」

隊長役の子らしい。

「おれは！　じゃなくて私《わたくし》は、お父様から立派な軍人になれと言われているから、兵隊になるための訓練でもあります！」

顔に擦り傷がある子は、敬礼しながら兵隊口調を真似して答えた。

「えっ？　学は兵隊になりたかったんだ。それで命知らずに突っ込んで行くから、いつも人質になるんだな」

「それは別だい！」

学《まなぶ》は怒りながらも恥ずかしくなったのか、照れながら坊主頭をかいた。

どっと笑い声が起きた。西園寺と綾子も声を上げて笑った。

西園寺は綾子に目配せした。それから子供たちの顔を見回しながら、にこやかに尋ねた。

「みんな、甘いものは好きかい？」

「大好きです！」

一段と元気な声が返ってきた。

「今日は、京都の金平糖を持ってきたぞ」

西園寺が手のひらに広げると、鯉のように丸く口を開けた子供たちから、感嘆の声が上がった。

「うわあ、色とりどりできれいだなあ」

「甘そうにピカピカ輝いている」


ここでも隊長役の子が号令をかけた。

「みんな、一列に並ぶぞ！」

「はい！」

小さい子を先頭に秩序正しく並んでいる姿を見て、西園寺は嬉しくなった。

「年少の子を先に並ばせるのは、年長者の責任。興津の子らは立派だ！」

よく見ると、一人の子が列に入らずにうつむいている。

「おい、実《みのる》！　どうしておまえは殿様の金平糖をいただかないんだ？」

「おれは、甘いのが嫌いなんだ！」

「嘘をつけ！　この前、甘いものを食べると幸せな気持ちになると言っていたじゃないか？」

実は目を合わせることなく、投げやりに答えた。

「今日から甘いものが嫌いになったんだい！」

西園寺が静かに近づいてきた。

「どうしたんだい？」

「甘いものが誰よりも好きな実が、お殿様の金平糖をもらおうとしないんだ」

隊長役の子が答えた。首を横に振りながら実が泣いている。

しばらくして、泣きじゃくりながら途切れ途切れに話し始めた。

「おれの家は貧乏で……、妹の雪江が弟たちの面倒を……学校に行かずに一日中見ているんだ。だから、だから……」

昭和恐慌により、物価・株価の下落、中小企業の倒産で失業者が町にあふれた。農村も生糸の対米輸出が激減したことに加え、デフレ政策と朝鮮、台湾からの米の流入により、米過剰が増大して、農村も壊滅的な打撃を受けた。

一方、多くの植民地を持つイギリス・アメリカ・フランスなどの国々は、排他的なブロック経済圏を構築したため、日本の市場が狭まり解決の糸口を見出せないでいた。

西園寺は実の頭を撫でた。

「妹に申し訳がなくて、自分だけこんなに甘くておいしい金平糖を食べるわけにはいかないと、言うのだな？」

泣きながら、こくりとうなずいた。


膝を折り曲げて、西園寺が優しくたずねた。

「実君には兄弟が何人いるんだ？」

「八人もいるんだ。だから……」

「だったら、十個持っていきなさい！」

実は涙で腫れた顔を、思わず上げた。

「お父さんとお母さんの分も、持っていってあげなさい」

夢のような西園寺の言葉に、信じられないように口をぽかんと開けたままだった。

「……」

ようやく思い出したようにお礼の言葉が出てきた。

「あ、ありがとう、殿様！」

「実、良かったな！」

皆が集まって背中をたたいたり、頭を押したりして、自分のことのように喜んでいる。

子供たちは、一斉に西園寺の方を向いて深々と頭を下げた。

「ありがとうございました！」

実は、再びあふれ出した涙を泥だらけの腕で拭きながら、何度も何度も頭を下げた。

当て布だらけの実の浴衣の袖が、和紙に包まれた色とりどりの金平糖で、ほんわかと膨らんでいた。

元老の生き残りとして、一人の子供の心を救うことはできても、家族の生活を豊かにしてあげる力さえもないことに、西園寺は己の無力さを感じるのだった。

日本の運命を大きく左右する「日独伊三国軍事同盟」でさえも、対ソ連防衛、日中戦争の早期締結、アメリカへの牽制という陸軍の事情で締結してしまったらしい。西園寺に相談すれば反対されることが分かっている。だから黙って決めてしまったのだろう。

愛知県犬山市の「明治村」に、興津より移設された国の重要文化財「坐漁荘」がある。ここに絶筆となった西園寺の掛け軸が残されている。

「所憂非我力」（憂うる所は、我が力に非ず）

国への憂いは自分の力ではいかんともしがたい、という西園寺の絶望感が五言詩から叫び声となって聞こえてくるようである。

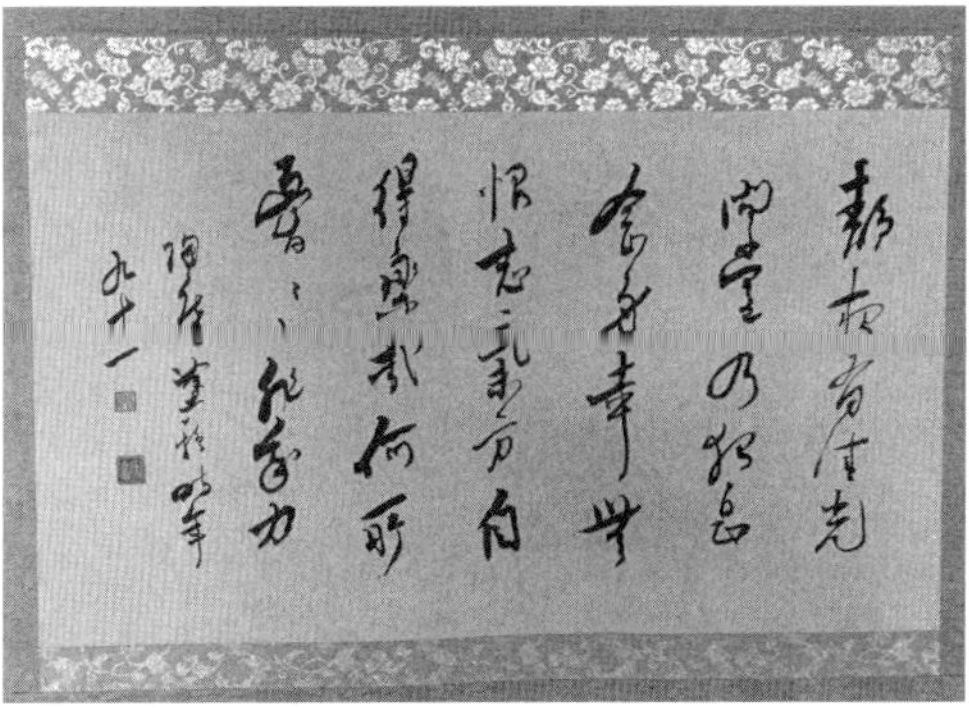

絶筆となった書

第9章

二・二六事件

二・二六事件を受けて（左から二人目が公）

一九三六年（昭和十一年）の冬は、五十年ぶりとも言われるほどの記録的な寒波に見舞われた。

ここ興津も三センチの積雪で、慣れない寒さにほころびかけた梅の蕾《つぼみ》も、やんちゃな興津っ子も、一斉に縮み上がった。

その早朝六時三十分、坐漁荘内「興津二七」番の電話が、邸内にけたたましく鳴り響いた。女中頭の綾子が受話器を取ると、内大臣秘書の木戸幸一《きどこういち》からであった。

「木戸です。そちらに異常はありませんか？」

いつになくあわただしい口調である。

「はあ、今朝は珍しい雪でとても寒いです」

綾子は寝ぼけた頭で、とぼけた返答をしてしまった。

「公爵は、西園寺公爵は何をされている？」

「まだ、お休みです」

「それは良かった！」

安堵したのだろう、電話の声がさらに大きくなった。

「東京は大騒ぎです。海軍大将や内務大臣らが軍隊に襲われた模様です。そちらも警戒を厳重にするようにと、公爵にもよろしくお伝えください」

性急な電話は、すぐに切れた。

まもなく、京都にいたはずの秘書の中川小十郎が白い息を吐きながら駆けつけた。昨夜京都を発ち、今朝興津の「水口屋《みなぐちや》」に小休止していたが、事件を聞きつけて雪道を何度も滑りながら走ってきたのであろう。尻がびっしょりぬれていた。執事の熊谷八十三もすぐに来邸した。静岡県警本部長から、避難を強く勧める連絡が入った。

世に言う「二・二六事件」の概要が次第に明らかになってきた。

東京で陸軍の青年将校ら十九人が、約千五百人もの兵を率いて決起した。彼らは、首相官邸を始め、政府要人の官邸や私邸、警視庁や新聞社などを一斉に襲った。決起部隊は、内大臣斎藤実《まこと》、大蔵大臣高橋是清《これきよ》、陸軍教育総監渡邉錠《じょう》太郎《たろう》などを射殺した後、首相官邸、国会議事堂、陸軍のある永田町一帯を占拠した。

今回も、西園寺公望暗殺が計画されていた。

二・二六事件の反乱軍

西園寺は今まで何度か軍部の標的とされてきた。戦争のない世界協調の平和な世を目指す政策が、軍縮の推進であったり、軍事予算の削減だったりすることが目障りな存在と映るのであろう。

決起すれば、百二十人の武装兵が坐漁荘

を取り囲む手はずだった。数人の警察官で武装兵たちを防げるはずがなかった。ところが二十六日の未明に、幸いにも計画が中止された。将校たちの意見の不一致が理由であるが、東京から遠く離れた興津の地に住んでいたことも影響したと思われた。

西園寺の命はぎりぎりで助かった。

「またやりおったか、実にけしからん！」

西園寺は怒っていた。極めて不機嫌であった。

一九三〇年（昭和五年）「浜口首相狙撃事件」は、ライオン宰相と大衆にも親しまれた浜口雄幸《おさち》首相が東京駅で愛国社社員に至近距離から狙撃された。

一九三二年（昭和七年）の「血盟団《けつめいだん》事件」は、二月から三月にかけての連続テロ事件で、政財界の要人井上準之助《じゅんのすけ》や団琢磨《たくま》らが暗殺された。

同じ年の五月には「五・一五事件」で、犬養毅首相らが暗殺された。計画では、内大臣官邸や立憲政友会本部、警視庁や三菱銀行までも襲撃の対象になっていた。

そして今度の大規模なクーデター。

議論ではなく、一方的に暴力で物事を解決しようとする軍部の横暴に、大きな憤りと底知れぬ不安を覚えた。

内政面の対応を担う秘書の中川小十郎が迷わず進言した。

「お上、これほど危険な状況を考えますと、できるだけ辺鄙《へんぴ》な場所に避難するのがよろしいかと思われます」

「中川、そんな通信や交通の不便なところに行って、もしも天皇陛下からのご用を受けることができなかったら、どうするつもりだ！」

西園寺は自分の命の心配など、眼中にないようである。

「しかし、これまで何度もお上の命を狙う事件がありましたので、きっと今回も

「……」

「このような危急存亡の時こそ、命を張って陛下の下僕《げぼく》としてお守りするのが、私の務めであるのだ！」

「お上……」

西園寺の天皇を敬う気持ちの大きさに圧倒されて、中川は次の言葉が言い出せなかった。

それでも周囲に説得されて、西園寺はしぶしぶ静岡県知事庁舎に避難することを決めた。西園寺の命を案じる周囲の者たちは食事がのどを通らないほど緊迫していたのであるが、当の本人は晩酌を所望して、悠々と二杯もあおるほど落ち着いていた。悠揚《ゆうよう》たる態度はいつもと同じだった。

翌日になると、西園寺はもうじっとしていることに我慢ができなくなってきた。

「どうせ死ぬなら、住み慣れた坐漁荘で死にたい！」

周囲の心配と反対を振り切って、安住の地と決めた興津に、わずか一日で帰ってきてしまった。

一方、昭和天皇は、側近の重臣たちが暗殺されたことに激怒して、青年将校たちを反乱軍と断言した。

「朕《ちん》自ら近衛師団《このえしだん》を率い、これが鎮圧に当たらん！」

予想以上に強い天皇陛下のご意志に驚き、反乱軍は抵抗することなく帰順することになった。

多くの犠牲者を出した「二・二六事件」は終結したのだが、この事件以降、軍に都合の悪いことをすると殺されるという恐怖感から、軍部の政治への影響力が一段と増す結果となっていった。

国家のプロパガンダに追従する新聞やラジオが煽り立てた結果、冷静な熟慮から発せられる市民の声を掻き消し、スローガンや標語のみが声高に叫ばれる世情を良しとする空気へ変貌させていったのである。

第10章

孤　舟

浜から望む坐漁荘のたたずまい

一九四〇年、昭和十五年十一月。西園寺の容態が悪くなってきた。軍隊が幅を利かせる政治の状況に心を痛めていることが、体に障っているようであった。あれほど好きだったドライブも、元旦に初日の出を拝みに薩埵《さった》峠まで行ったのが最後となっていた。

十一月二十四日になると昏睡状態が続いた。


西園寺は夢を見ていた。

テラスの椅子に腰掛けて、静かに庭を眺めている。

遠州風の枯山水の松が凛と立っている。海沿いの小道を子供たちが小走りに行く。黒い岩に見え隠れする海面が、きらきら眩しい。三保の半島は相変わらずのんびり横たわっている。

伊豆半島に目を移そうとすると、一隻《せき》の船が水平線を目指して進んでいた。輸出船であろうか。明治時代より海外との貿易が盛んになり、日本は大きく経済成長した。ここ清水港はお茶の直《じき》輸出が盛んで、日本一だと聞いている。浮世絵風のお茶のラベルが貼られた木箱が堆《うずたか》く積まれているのだろう。

アメリカ人は緑茶に砂糖を入れて甘くして飲んでいる。モンゴル人は煮出してミルクを入れた茶を好むらしい。お茶の渋みを味わう日本人からするとおかしく映るが、世界の人々の嗜好・好みは様々なのである。良いとか悪いとかではなく、国によって様々なのである。お互いが個性を尊重し合い、個性を発揮し合ってこそ国際社会は成り立つのである。

しかし、今の日本はどうだろうか？

じっと見ていると濃紺の貨物船が水平線の彼方に隠れていく。

たった一隻だけか。船も一隻だと寂しいものだな。

（孤舟か……）

今の私は、あの孤舟かも知れんな。

戦争を防ごうともがいているのは、元老の私独りだけだ。

人々の命を奪ってしまう戦争を必死で食い止めようとするのは、老いた私一人だけだ。

天皇陛下の傍《かたわら》にいて、あるべき日本の進路を進言する人間は、もはやいなくなってしまったのか……。

世界の覇権を握る「持てる国」であるアメリカやイギリスと対立しては、世界の中で日本は生きていけないのである。植民地が乏しい「持たざる国」であるドイツ・イタリアとの三国軍事同盟はもともと反対であった。勝てるはずがない。

近衛文麿には特別に目をかけてきた。五摂家である近衛家と西園寺家とは公卿同士で代々懇意な家柄であった。近衛が京都帝大在学中には、すぐ隣にあった清《せい》風《ふう》荘（別荘）に呼んでよく話も交わした。卒業後は内務省入省に当たり、次官に紹介の手紙を書いて引き立ててもきた。

後見となって若き日より育ててきた近衛文麿は、首相だというのに軍部の言いなりになり、もはや私の声は届いていない。西欧列強との協調なくして日本の生存する道がないこと、天皇の召します国が弥栄《いやさか》であることへの信念、共に抱いた情熱はどこに消え去ってしまったのだ。


「いったい、この国をどこにもっていくのや」

「いったい、この国をどこにもっていくのや」

ここで、夢は消えた。


二十一時五十四分。主治医の勝沼が脈を取ったが、しばらくして首を横に振った。ご臨終である。

興津の町は、そぼ降る小糠《こぬか》雨に冷たく濡れていた。人々の心も冷たく沈んでいた。

坐漁荘にある石榴《ざくろ》の実が、苔むした庭に落ちて、真っ赤な種を一面に散らしていた。

四日後の二十八日。西園寺の亡骸《なきがら》を乗せた霊柩が興津の警防団員十八人に担がれて粛々と興津駅に向かった。清見寺の鐘の音がしめやかに鳴り、余韻を残しながら哀《かな》しく消えていく。古川大航老師が自ら突いているのであろうか。
沿道は人で埋め尽くされた。乳児を負ぶった母や足の不自由な年寄りに至るまで、町中の人々が繰り出して、心から別れを惜しんだ。興津だけではなかった。近隣の袖師《そでし》、庵原《いはら》、辻《つじ》、小島《おじま》の小学生の姿もあった。皆が声を押し殺してすすり泣いている。

その中には、西園寺から金平糖をいただいたあの実《みのる》の家族の姿もあった。
「お殿様、おれは本当に嬉しかった。金平糖をほしくてしかたなかったのに、いらないだなんて言ってしまって。でも、お殿様は優しかった……」

二つ下の妹も、目に涙を溜めている。

「あんな、おいしいお菓子をあたしは食べたことがなかった。噛むのがもったいなくて、口の中でずっとずっと転がしていたの」

母は家事を祖母に頼んで駆けつけていた。

「西園寺様の話を実から聞いて、わしらは嬉しくて嬉しくて、涙を流しながら家族みんなで押しいただきました」

父も声を震わせながら棺に向かって語りかけた。

「西園寺様、ありがとうございました。わしらの興津に来てくださり、本当にありがとうございました」

三ッ星屋の前を棺が粛々とひっそり進んでいく。まるで興津での日々を惜しむかのように……。

姉の信子が博を背負い、妹の文子が西園寺専用の座布団を抱きしめている。母の幸子は、葬列を見送る誰よりも全身がしとどに濡れている。小糠雨の中、西園寺の最後となったお越しをこの場でずっとずっと待ち続けていたのであろう。

別れを惜しむ多くの言霊《ことだま》が、こだましているかのようであった。

「西園寺様、ありがとう！」

「町のお殿様、さようなら！」

「さようなら！」

西園寺の棺は興津駅から特別霊柩列車に乗せられ、静かに静かに雨に煙《けぶ》る興津の町を離れていった。


棺の横に付き添った政治秘書の原田熊雄《はらだくまお》は、あふれんばかりの人々の悲傷の姿を目にしていた。

どこの駅や沿線でも皆が脱帽して首を垂れている。驚くことに大人に交じって三歳ほどの幼児までもが合掌している。工場で働く人たちは、手を休めて窓を思い切り開けて列車を拝している。農夫たちは手にしていた鍬《くわ》や鋤《すき》を捨てて首を垂れている。

西園寺は民衆の心の支えでもあったのだ！

昭和天皇のお悲しみは深く、最後の元老として西園寺の政治方針や人間性に深い信頼と親愛をおもちであっただけに、内務大臣の木戸孝一に対して思い出を語り始めて一時間経っても途切れることがなかったらしい。

グルー米国大使は、大使館の星条旗を半旗にして弔電を打ってきた。

「巨星墜《お》つ」

近衛文麿首相が葬儀委員長を務める「国葬」が、十二月五日東京市の日比谷公園で弔砲の響く中、盛大に執り行われ、寒中にもかかわらず数万人の参列者があった。

「従一位大勲位公爵西園寺公望」と墨書された木曾檜の墓碑が立てられた。

親族たちに伍して碑の前に立った原田は、しばらく手も合わせないで碑の文字を見つめていた。命がけでお慕いした老公はもういない。なぜか怒りが込み上げてきた。
（老公の九十一年間は徒労ではなかったのか？）
（多くの人々に見送られる中で、深い孤独を感じておられるのではないのか？）

第11章

近衛文麿

近衛文麿

日本は、西園寺が弱り始めてから国際協調と正反対の、軍国主義への階段をひたひたと駆け上っていった。

一九三一年（昭和六年）　満州事変で中国軍と戦闘に入る
一九三二年（昭和七年）　五・一五事件で犬養首相殺害される
一九三三年（昭和八年）　国際連盟を脱退して世界の孤児になる
一九三六年（昭和十一年）　二・二六事件　約千五百人の軍隊がクーデターを起こす
一九三八年（昭和十三年）　国家総動員法や翌年の国民徴用令で、戦争のためなら全てのものを犠牲にできることに
一九四〇年（昭和十五年）　日独伊三国軍事同盟でアメリカやイギリスと敵対する

質素で地味な葬儀を望んだ西園寺の遺志とは正反対の、国を挙げて大々的な葬儀が日比谷公園で執り行われてから、一年が過ぎていた。

一周忌に当たる一九四一年、昭和十六年の十一月。多磨霊園にある西園寺の墓前で、じっと手を合わせ、苦悩に満ちた表情で語りかけている長身の男がいた。葬儀委員長も務めた近衛文麿《このえふみまろ》である。

近衛は若き日より、将来の日本を背負って立つ人物と西園寺から期待されていることに感謝し、期待に応えようとしてきた。世紀の大舞台「パリ講和会議」で、首席全権大使の西園寺がわずか二十八歳の青年をわざわざ随行させてくれたのは、世界を見聞させて後継者として大きく育ってほしい、との親心であることを痛いほど感じていた。

その近衛文麿は、今年で五十歳。先月、三度目の内閣総理大臣を辞職したばかりであった。

戦争を回避しようと国際協調の路線を願って行動しようとするのだが、ことごとく軍部の反対に遭い、思いとは反対の行動や政策を行う羽目になってしまったことに無力感や空しさを感じて、先月に政権を投げ出してしまったのである。
「今は、毒をもって毒を制するしかありません！」と周囲の反対を押し切り、陸軍大将の東条英機に政権を渡してきたのである。ようやく大きな肩の荷を下ろしたはずなのに、気持ちが全く晴れなかった。

ピーヒョヒョロ　ピーヒョヒョロ

寂しげな鳴き声に顔を上げると、頭上で鳶《とび》がゆっくりと旋回していた。鈍色《にびいろ》の雲が空を覆っている。

近衛は西園寺の墓前に向かって、これまで抑えてきた本音を吐き出した。
「西園寺公爵！　公爵の一周忌までは絶対に戦争はするまい、と努力してきました。ですがもう止められません！　戦争が目前となりました。戦争嫌いの公爵に、軍部の横暴を怒る公爵に、私は合わせる顔もありません。育てていただいたご恩をこんな形で……」

思わず泣き崩れて、冷たい墓石に両手を着いた。

「申し訳ありません。私の力不足です！」

慟哭がしばらく続いた。

突然、鈍色の雲間を突き破るように光が差し込んできた。色とりどりの紅葉が目に眩しい。

(照葉《てりは》？　もう晩秋だったのか)

近衛は、秋がもう終わろうとしていることに初めて気がついた。自然の移ろいを愛でる余裕さえなかったことを、照葉が教えてくれたのである。

すると、光眩しい天から、柔らかな西園寺の声が降ってきた。

「近衛さん、力不足と言うが、命を懸けるほど必死で取り組んできたのかね？」

近衛は声のするほうに力なく顔を上げた。

「信念は持ち続けていましたが、なかなか思うようにはいかず、妥協ばかりすることになりまして……」

西園寺が急にいきり立った。激情を突然ぶつけるところは生前と同じである。

「信念は貫いてこそ信念だ！　近衛さんの妥協で生まれた政策が、明らかに戦争に向かう手助けをしてしまっている！」

怒りの表情が、憂いの表情に変わってきた。

「この戦争をすれば日本は滅びる。今の国力でアメリカや世界を相手に戦争などして勝てるはずがなかろう。国際協調、これしか日本の生きる道はないのだ！」

「これで、日本国民は畳の上で死ねないことになってしまった……」

近衛は、喉元を短刀で刺されたかのような痛みを感じた。

「私の信念の弱さが……。こんな最悪の事態を招くとは……」

近衛は今まで人前で決して認めてこなかった自分の弱さを、初めて吐露した。

「国の始まりと言われる神武天皇より二千六百年。先祖や先人たちが他国から一度も蹂躙されずに、この日本の国土や人民を守ってきてくれたのに……、この戦争を始めれば日本民族が絶えてしまうかもしれん！」

陛下の最も近しい公卿、同じ出身である西園寺の言葉は、そのまま胸の奥まで突き刺さる。

「日本の伝統を継ぐ公家の家に生まれながら、その伝統を守れなかったとは……」

風に揺れる紅葉の間から次々に漏れてくる光の矢に背中を刺されるかのような痛みに耐えながら、近衛はいつまでもいつまでも咽び泣いていた。

一九四一年。昭和十六年十二月八日。ついに、日本はアメリカに宣戦布告した。当初は連勝するかに見えた日本軍であったが、わずか半年後のミッドウェー海戦からは負けがずっと続いた。防衛線がじわりじわりと狭まり、アメリカ軍がついには日本本土まで迫ってきた。国力の差は見込み以上だったのである。

沖縄での地上戦。全国各都市への無差別な空襲爆撃。広島・長崎への原爆投下と続き、ついに、開戦から三年八カ月後にポツダム宣言の無条件降伏を受け入れた。

一九四五年、昭和二十年八月十五日の正午、ラジオから玉音放送が流れた。

「終戦の詔書」を昭和天皇自らの肉声で日本国民に伝えたのである。

「戦争が、終わった……」

日本の国土は荒れ果て、日本国民は疲弊して、なんと三百十万人もの死者を出す、有史以来の大敗北となった。

＊　＊　＊　＊

戦後、空襲で焼け尽くされた国土で住む処を失い、生活に困窮して肉親や知人を数多《あまた》亡くした日本人が、奇跡の復興を成し遂げた。日本は民主主義に基づく平和国家を創り上げて、戦後は、どこの国とも戦火を交えない稀有の国となったのである。

しかし戦前にあっても、フランス仕込みのリベラリストで自由主義思想をもった大政治家が日本にいたことを、世界は知っていた。

極東国際軍事裁判（東京裁判）におけるアメリカのキーナン首席検察官の言葉である。

「日本におけるデモクラシイの最初の指導者は、故西園寺公望公であったと信じている。日本人は東条のことは知らなくてもよいから、西園寺公のことはもっと研究してもらいたい」

第十二回国民体育大会が昭和三十二年十月、静岡の地で執り行われた。開会式に出席するため昭和天皇が宿泊先に選ばれたのは、興津の水口屋であった。西園寺が暮らしたその地に、緩《ゆる》りと二泊もされたのである。そのお心は如何ばかりであっただろうか。

水口屋を散策される昭和天皇と香淳皇后

水口屋で詠じた昭和天皇の御製《ぎょせい》が遺されている。

興津の宿にて　西園寺公を　おもふ

「波風の　ひびきにふとも　夢さめて　君の面影　しのぶ朝かな」

掌編　竹の杖

——西園寺公望八十七歳　春疾風《はるはやて》の候——

梅雨の雫と戯れているかのように、庭の黒竹《くろちく》の細長い葉があちらこちらへ揺れている。

西園寺公望《さいおんじきんもち》は、迷いなく伸びる竹の潔さが好きであった。黒竹を始め、布袋《ほてい》竹、金明《きんめい》竹、雲紋《うんもん》竹を最後の別荘と決めた興津の坐漁荘に植えた。亀甲《きっこう》竹という節の間が交互に膨れる珍しい竹が台湾にあると聞くや、秘書の中川小十郎に大至急に手配させたほどである。

卒寿になっても魑魅魍魎《ちみもうりょう》が渦巻く政治の世界から抜けられずにいる西園寺にとって、雨滴と気ままに遊ぶ竹葉がうらやましかった。首班の指名などの重要事項を天皇陛下に献言申し上げる最後の元老となって、何十年経ったであろうか。幾度もご辞退申し上げるのだが、旧知の間柄である陛下（昭和天皇）に熱望されると、断り切れないのであった。

背丈ほどある六尺竹の杖を持って出掛けるのが、いつの頃からか習慣になってしまった。陛下に拝謁する時もローマ法王に謁見した時でさえも手放せないのである。杖を黒光りするほど磨き上げたので、煤竹《すすたけ》と揶揄する者もあるらしい。世事が平穏に進んでほしいとの願いから、「百事如意」の四文字を手ずから彫り込んだのでさらに愛着が増した。

　何よりの楽しみは女中頭《じょちゅうがしら》の綾子を連れて興津の町民とふれ合う心安い散歩であったが、あの事件以来、警官が前後左右に張り付く仰々しいものに一変してしまった。

　日本中が凍り付いた惨劇、「二・二六事件」（一九三六年）である。完全武装した陸軍の青年将校十九人が千五百人の兵を率いて決起して、政府要人の官邸や私邸、警視庁や新聞社などを一斉に襲ったのだ。西園寺の住む坐漁荘も、当初は襲撃目標に入っていた。ところが直前に幹部の意見の不一致で中止されて、ぎりぎりのところで西園寺の命は繋がった。坐漁荘に常駐する数人の警官で数百人の軍隊など防げるはずがないからである。天皇陛下が反乱軍をクーデターであると断じたことで、事件は一気に収束に向かったが、大問題が発生した。総辞職した岡田内閣に代わり国の進路を委ねる次のリーダーを決めなければならないのだ。「至急参内せよ！」との矢のような電報が陛下から届いた。

危急存亡の我が国を誰に委ねたらよいのか。西園寺にはこんな時のために、手塩に掛けて育ててきた意中の人物があった。同じ公卿出身の「近衛文麿《このえふみまろ》」である。世紀の大舞台パリ講和会議の全権大使となった西園寺の随行員として二十八歳の若者を異例の抜擢をしたのは、近衛が首相に相応しい器と見込んでのことであった。貴族院議長や枢密院議長など、十二分に政治経験も積ませてきた。軍部の横暴で垂れ込める鬱積した暗雲を追い払えるのは、エネルギー溢れる四十五歳しかいない。大日本帝国の揺るぎない支柱として、全国民から頼られる杖として、若き日より目を掛けてきた鳳凰の羽ばたく時が、ついに来たのである。

昭和天皇からも「近衛が良かろう」とご同意をいただいた。古来より公卿は、天皇のご意向をお受けし命懸けで御守りする重責を担ってきた。しかも近衛家は摂関家筆頭で公卿の最高位、断られる心配は微塵も感じていなかった。

陛下の御前で最重要事項を伝えるのは、元老の西園寺の務めである。

「この国難に立ち向かう日本国の舵取りは容易ではない。ついに君の出番が来た、いや君しかいない！　内閣総理大臣を引き受けてもらいたい。もちろん、陛下も強く望んでおられる！」

八十七歳とは思えない気迫で決断を迫った。

長い沈黙が続いた。そしてついに、口髭を蓄えた近衛の口が迷うことなく決然と動いた。

「お断りいたします！」

「……今、何と……」

予想だにしなかった返答に、西園寺は言葉を失った。

まるで血潮まで抜き取られた廃人のように、「百事如意」の杖もろとも力なく大理石の床にへたり込んだ。杖が冷たい石に跳ね返され、渇いた音が邸内に響いた。

「わが日本国には、頼れる杖が無かったのか……」

しかしその嘆きは、弔砲に驚いて一斉に飛び立った鳩の羽音に掻き消されて、近衛の耳には届いていなかった。

清見潟を眺む（著者作）

西園寺公望　略年表

年	西暦	年齢	西園寺公望とその周辺	日本・世界の動き
嘉永2	1849		公家徳大寺公純の次男として誕生	
嘉永4	1851	2	西園寺師季の養嗣子となる	
嘉永6	1853			ペリー浦賀に来航
嘉永7	1854			日米和親条約を締結
安政5	1858			日米修好通商条約に調印
慶応3	1867			大政奉還・王政復古を布告
明治元	1868	19	鎮撫総督しして鳥羽伏見へ	明治天皇即位の大礼
明治2	1869	20	私塾立命館を開く	版籍奉還
明治3	1870	21	官費留学生として横浜出航	
明治4	1871	22	パリ到着（パリコミューン動乱時）	廃藩置県
明治6	1873			徴兵令で国民軍創設
明治8	1875	26	パリ大学（ソルボンヌ大学）法科入学	
明治10	1877			西南戦争　西郷隆盛自刃
明治13	1880	31	横浜へ帰航	

明治14	1881	32	東洋自由新聞社創刊社長	
明治15	1882	33	伊藤博文（憲法調査）に随行して横浜出航	
明治18	1885	36	オーストリア公使に任ぜられる	内閣制度創設　初代首相に伊藤博文
明治20	1887	38	ドイツ公使・ベルギー公使も兼任	
明治22	1889			大日本帝国憲法発布
明治24	1891	42	帰国	
明治27	1894	45	文部大臣　朝鮮へ大使として派遣	日清戦争開戦
明治28	1895	46	外務大臣臨時代理	日清講和条約（下関）締結
明治29	1896			井上馨　長者荘を構える
明治30	1897	48	文部大臣　京都帝国大学の設置	
明治33	1900	51	立憲政友会結成に参加　枢密院議長 第四次伊藤内閣　総理大臣臨時代理	秘書の中川小十郎、京都法政学校（立命館）を創設
明治34	1901			昭和天皇誕生
明治35	1902			興津農事試験場開設
明治36	1903		立憲政友会第二次総裁	
明治37	1904			日露戦争開戦
明治38	1905			日露講和（ポーツマス条約）締結
明治39	1906	57	第一次内閣総理大臣	

西園寺公望　略年表

明治40	1907	59	第一回雨声会	
明治42	1909			伊藤博文ハルビンにて暗殺
明治43	1910			韓国併合
明治44	1911	62	第二次内閣総理大臣	
大正元	1912	63	元老となる（十二月二十一日）	明治天皇没
大正3	1914	65	立憲政友会総裁を辞任	第一次世界大戦に参戦
大正5	1916		水口屋の別荘で避寒の生活を始める	
大正8	1919	70	パリ講和会議首席全権委員として神戸出航 ベルサイユ条約調印 興津の浜別荘に移り住む	
大正9	1920	71	公爵に昇叙	国際連盟発足（常任理事国）
大正10	1921			原敬首相暗殺
大正12	1923			関東大震災（被災者約三百四十万人）
大正13	1924		元老松方正義の死でただ一人の元老になる 熊谷八十三が執事に着任	
大正14	1925	76	子爵渡辺千冬により「坐漁荘」と命名される	治安維持法
昭和元	1926			大正天皇没
昭和4	1929	80	坐漁荘二階に洋間を増設	世界大恐慌起こる

昭和6	1931			満州事変
昭和7	1932	83	血盟団の西園寺暗殺計画発覚	五・一五事件　満州国建国
昭和8	1933			国際連盟脱退
昭和11	1936	87	二・二六事件 青年将校の反乱 西園寺県知事庁舎に避難	
昭和12	1937			日中戦争勃発　第一次近衛内閣
昭和13	1938			国家総動員法
昭和14	1939			第二次世界大戦開戦　国民徴用令
昭和15	1940	91	興津坐漁荘にて逝去 日比谷公園にて国葬を執行	第二次近衛内閣　大政翼賛会 日独伊三国軍事同盟
昭和16	1941			第三次近衛内閣退陣　東條英機組閣 太平洋戦争開戦

あとがき

「偶然が重なると、必然になる」――この本は、そんな偶然が積み重なって出き上がりました。

① 西園寺公望公の別荘「坐漁荘」のある興津に、偶然に生まれ育ったこと
② 「SPAC（静岡県舞台芸術センター）」所属俳優が主演の動読《どうどく》劇のオリジナル脚本を偶然に依頼されたこと
③ 劇脚本に興味をもたれた幻冬舎ルネッサンス新社さんから、市販本にしないかとの提案を偶然に受けたこと

戦後七十五年を経て戦争の記憶が薄れてきた現代、「西園寺公望公」にスポットを与える機会がいただけたことは、僥倖でありました。

ところでみなさん、「西園寺公望」をご存じでしたか？　どうしてこれほどの大人物が認知されてこなかったのか、不思議に思いませんでしたか？

戦前の日本にあって西園寺という稀代の人物が居たにもかかわらず、世間の人々がほとんど知らないのは何故でしょうか？　三つの理由があると、私は考えます。

a. 目立った功績がないからか、全国の小中学校で使われる全ての教科書に名前が載せられていない（ベルサイユ条約や国際連盟加盟はあるが、締結に関わった西園寺公の名前の表記や写真がない）。

b. 無欲恬淡で派手なことや仰々しいことが嫌いで、写真を撮られることも好まない性格だった。

c. 「持ち物・手紙・報告書などは全て焼却処分してしまいなさい！」の遺言

に従って遺品を始末してしまったので、貴重な一級資料が残っていない。

しかし、この本を読まれた方はもうご存じでしょう。

西園寺公望公は、近代日本の大政治家でした。二度の総理大臣就任や多くの閣僚経験だけでなく、最後の元老として昭和天皇から頼りにされる政治の指南役でもありました。国際協調と世界との共存共栄が政治信条で、バランスのとれた日本の立ち位置をいつも考えていました。「戦争は悪の中の悪」との信念を持っていたので、軍部から目をつけられて何度も命を狙われました。一方で、晩年を過ごした坐漁荘のある興津の人々（大人から子供まで）から、「まちの殿様」と尊敬と親しみを込めて呼ばれていました。

世界の国々が内向きで自国本位になりつつある今こそ、公の人間像と不易の世界観を知ってもらう好機であると感じ、この小説を書き下ろす運びとなりました。

私は三十五年以上小学校の教員として、子供たちの生き方に迫れる、感動や感激のある授業づくりを目指してきました。近代史の主テーマは、やはり「戦争」から学ぶことでしょう。戦争を扱った多くの授業は、戦時中の凄惨な国民生活や残虐な悲劇の事実を伝えることが主流となっています。でもみなさん、大切な視点が欠落していることに気づきませんか。

「どうして戦争を始めてしまったのか?」
「いつだったら戦争を止めることができたのか?」

日本国の重要判断を委ねられた〝為政者〟の視点で問いかけ、傍観者でなく主体者となって思考判断する授業が少ないのです。

戦争嫌いな西園寺公望は、戦争を始めないために奔走し続けました。しかし、思うように解決できずに悩み続けた、〝為政者〟でありました。

今こそ私たちは西園寺公の生き方や考え方を学ぶ必要があることを、教育者としても痛感します。
幻冬舎ルネッサンス新社の小野﨑さん・金宮さんより「西園寺公に脚光が当てられて、近代史をしっかり伝える書籍にしたい！」との過大な期待と温かい励ましをいただき、西園寺公の本を世に出すことができましたことに、改めてお礼申し上げます。

最後になりましたが、興津生涯学習交流館の館長様や職員の方々、ＳＰＡＣ所属の奥野晃士様、興津坐漁荘ボランティアの渡辺俊治様、折に触れて相談に乗ってくれた多くの友人や知人たちに感謝を申し上げます。みなさんのお力添えと激励のお陰で、こうして刊行することができたからです。

数多く出版される本の山の中から、この本を見つけ出してお読みいただいたあなたに感謝申し上げます。ありがとうございます。

西園寺公は、今でも、私たちにきっと問いかけているはずです。
「いったい、この国をどこへもっていくのや?」

坐漁荘テラスで澄んだ秋の日差しを浴びながら　2018年9月　小泉達生

坐漁荘の切り絵（著者作）

文庫版　あとがき

「己の立てるところを深く掘れ。そこには必ず泉あらん」（※高山樗牛《ちょぎゅう》）

己の立てる所　――　地元「興津」と縁深い西園寺公望を掘り進めると、その水脈は豊潤で勢いよく湧き上がり、地底では枝分かれもして計り知ることができないほどでした。

・平和で民主国家を目指す日本国の進路と、世界との付き合い方は？
〈日本国の水脈〉

・民族も言語も王朝も有史以来続く日本人のアイデンティティーと矜持《きょうじ》とは？
〈日本人の水脈〉

・物欲や情欲、流行などにも振り回されず虚静恬淡《きょせいてんたん》に生きるには？
〈生き方の水脈〉

・武力による革命でなく、子孫への教育や啓蒙による国家大本《こっかたいほん》の創造とは？

〈教育の水脈〉

水脈の深さや広がりの全貌を把握できないほど、「西園寺公望」は大変興味尽きない豊潤な泉なのです。今後は掘り進めるだけでなく、上質の水を味わう余裕を持ちたいものです。

みなさんの地元にも、豊潤な泉がきっとあるはずです。身近な歴史を調べたり、散策したりしたらいかがでしょうか。

仕事柄、文章を書く機会には恵まれてきました。児童作文や日記等の添削やコメント、学習指導案・授業実践記録や教育論文の作成、教育雑誌・出版物への投稿や編集作業、児童劇や地元ＮＰＯ動読劇の脚本や主題歌の制作など様々です。

しかし六十年の人生で、市販書籍の出版は初めてでした。ですから、その反響に驚くやら、戸惑うやら、嬉しいやら――驚天動地の大事件が起こりました。

・いくつかの地元書店だけでなく紀伊國屋新宿本店でも、拙著が平積みされる光

景を目の当たりにしたこと
・静岡市立図書館が5冊も購入され、地元の興津図書館で数ヶ月にもわたり、貸し出し回数トップとして愛読されたこと
・多くの読者の方々から、「詩を読んでいるような感覚で心地よく読めた」「西園寺のことをもっと知りたくなった」等と読後の感想が寄せられたこと
・近衛文麿公の邸宅「荻外荘《てきがいそう》」のあるご縁から、杉並文化協会歴史部から講演依頼を受け、有意義な交流がもてたこと
・県紙トップの販売部数を誇る『静岡新聞』の一面コラムにて、拙著が「西園寺についての入門書」と紹介されたこと
・全国誌の『週刊新潮』や『女性セブン』に広告が掲載されたこと

このたび、文庫本改訂へ背中を押してくれたのは、幻冬舎ルネッサンス新社からの励ましの言葉でした。

「西園寺公望が、国際協調と世界との共存共栄が政治信条であったことを知り、

もしコロナの災害に見舞われている世界を彼が見たら、どのように日本を引っ張っていってくれるのかと想像するほど、彼の人柄に惹き込まれました。二度の総理大臣就任や多くの閣僚経験をもち、昭和天皇から頼りにされる政治の指南役であった彼の功績をより多くの人に伝えるべきです」

再び出版の機会をいただいたので、最良の本にすべく三年前の前作に納得できるまで加筆修正しました。

1. 西園寺の意外に知られていない顔、「文化への深い造詣（文化人）」と「教育への一貫した熱情（教育者）」に踏み込んだ新章（第七章）を加えた。
2. 「興津」を知らぬ全国の方々のために「地図」を掲載して、イメージ豊かに読めるように配慮した。
3. 最終章（十一章）の終末に西園寺周辺の流布されていない新事実を加え、より普遍性のある内容に変更した。
4. （株）静岡新聞社の編集局にお勤めで、地域歴史への造詣の深い佐藤学氏に解説を依頼した。

5．掌編「竹の杖」を、本文末尾に付加した。

6．口絵写真がより鮮明になるように光沢紙へ転換した。

文庫本サイズになって価格も大きさも手頃になりました。日本の近代史に興味の薄かった方々にも手に取ってお読みいただけましたら望外の喜びです。

最後に、「解説」を快く引き受けていただいた静岡新聞社の佐藤学氏に感謝申し上げます。新聞コラム「大自在」でも、縦横無尽に発揮されている歯切れの良い文体と念入りな取材による知識と高い見識のお陰で、拙著に格調と品格を添えていただきました。しかも筆者の胸中まで慮《おもんぱか》る慧眼に敬服するばかりです。

※高山樗牛……明治末期の文筆家で、転地療養のため興津に滞在して「清見寺の鐘声」を著す。

文庫版解説

静岡新聞社論説副委員長・佐藤学

問題。徳川家康が食べた安倍川餅には静岡でとれた金の粉がまぶされていた？ウソ？　ホント？

きらびやかな久能山東照宮（静岡市、国宝）を訪れたことのある人や、金銀をふんだんに使った駿府城天守の黄金の鯱《しゃちほこ》の言い伝えを聞いたことがある人は、そうかもしれないと思うだろうか。鯱が日中は陽光に輝き、夜は月光を反射するので駿河湾の魚が怖がって逃げてしまい、漁師が困ったと伝えられるエピソードである。

答えは、ウソ。

冊子「目からウロコ⁉　おもしろ静岡歴史ゼミナールⅡ」（静岡市社会科学習会編　２０１９年）から引いた。静岡市を流れる安倍川の上流では、戦国時代から江戸時代にかけて多くの金が産出された。ある男が家康に、きな粉餅を「安倍川のきんなこ餅（金の粉のもち）」と言って献上したところ、家康が喜んで「安倍川餅」と名付けたという。

この冊子を、教員有志の中心になって作成したのが本書の著者小泉達生氏。「とりたてて歴史好きだというわけではない小学生」を読者に想定したというが、筆者のような大人にも読み応え十分である。その先生が書いた西園寺公望伝だ。平易で的を射ているのも当然だろう。

この冊子の「コラム」にある幕臣の山岡鉄舟を取り上げた「由比の茶屋が江戸を守った」も興味深い。幕末維新の動乱の中、勝海舟の意を受けた山岡は、駿府まで東進していた新政府軍参謀の西郷隆盛に駿府城近くの伝馬町で面会。江戸総攻撃をやめるよう頼み込んだ。

江戸から駿府に急ぐ途中、由比宿と本書の舞台である興津宿の境の薩埵《さった》峠で新政府軍に見つかってしまった山岡をかくまい、脱出させたのが、由比の望嶽亭藤《ぼうがくていふじ》屋《や》の主人。鉄舟は船で清水の次郎長親分の元に送ってもらい、服装を整え、西郷との談判に臨んだ。茶屋の主人がいなかったら、江戸無血開城はなかったかもしれない。

勝、山岡、西郷はもちろん、家康の再来とも言われた江戸幕府十五代将軍徳川慶喜は逆説的な意味も含め、その家臣で大河ドラマ最新作の主人公の渋沢栄一は名実ともに、それぞれの立場と地位、活躍で「明治を創った男」と言える。そして、西園寺公望はこの称号が最もふさわしい人物の一人であることは疑いない。

「歴史ゼミナール」の冊子も、本書も、歴史を教えるのではなく、歴史に目を向け、学び、生かしてほしいという小泉先生たちの思いがあふれている。

本書は、坐漁荘や古刹清見寺、朝鮮通信使など、興津地区（静岡市清水区）の歴史文化を次代に継承しようという地域活動の中で制作された「動読《どうどく》」と呼ばれる寸劇を交えた読み聞かせの脚本が基になっている。小泉氏はそのＮＰＯの理事でもある。場面ごと、かみくだいた内容ながら、歴史に向き合ったノンフィクションの重みがある。

「最後の元老」が西園寺の代名詞である。しかし、天皇への首相推奏など、戦前まで政界で元老がどれほど重要で特異な役職だったかはあまり知られていない。それを知ることで本書の理解も深まると思うのだが…。天皇が象徴になった戦後の教育では、知らなくていい、知らないほうがいいとされてきたのではないかとさえ思われる。

今とは違う価値観の中での出来事なのだと頭を切り替えることで、「興津詣で」が引きも切らなかったことや、昭和史の転換点になった二・二六事件で坐漁荘の西園寺が当初襲撃対象になったことが理解できる。西園寺について知ることは戦前を知り、戦争を教訓とし、戦後を考えることにほかならない。それは世界に目を向け、未来を考えることにつながる。

「日本は強い国でなくていい、世界から尊敬される国になるべきだ」。西園寺の言葉は、自国第一主義や分断が台頭した今こそ重みを増す。

二〇一五（平成二十七）年、静岡新聞の戦後七十年連載企画「轍（わだち）」

は「興津と戦争」と題した章（戦前、戦中、戦後の三章）で、西園寺や現在の農研機構果樹研究所カンキツ研究興津拠点から贈られた「ワシントンの桜」、清見潟の埋め立てなどを取り上げた。

私事で恐縮だが、この力作連載で初めて、筆者は母校の「学祖」が故郷にも関わりが深いことを教わり、園公没後八十年の二〇二〇（令和二）年十一月二十四日付朝刊コラム「大自在」で取り上げようと思った。その際、ざっくりと理解できそうだと思って手に取ったのが単行本の本書であり、急な取材申し込みにもかかわらず小泉氏に快く応じていただいたことが、ここに拙文を寄せるきっかけになった。これも、小泉氏が単行本あとがき冒頭に記された「偶然が重なると必然になる」ということなのだろうか。

西園寺が気に入り、晩年を過ごした興津の残像を見つけ出すことは、今となっては難しい。復元された坐漁荘や清見潟公園の展望所で海の方向を向いて目をつぶってみても、聞こえるのは潮騒ではなく国道1号バイパスの大型トラックやトレーラーの走行音やコンテナを積み降ろす大きな音ばかりである。

二〇二一年八月には東名・新東名と中央高速道をつなぐ中部横断道が全区間開通し、清水港は新たな発展を目指す。もはやノスタルジーやセンチメンタリズムの余地はないかもしれない。しかし、興津の街を注意して歩いてみると、そこかしこに名残は感じられる。問われるのは歴史の感受性や想像力なのだろう。

坐漁荘は西園寺の死後、華族制度の廃止に伴い財産税で東京の自宅を物納した徳川慶喜の孫徳川慶光氏（一九一三〜一九九三年）が一時居宅とした後、西園寺公一氏に戻された。

余談だが、この際、慶光氏は西奈村（静岡市葵区瀬名）に移り住み、そこで生まれたのが写真家で「徳川慶喜家にようこそ」の著者である徳川慶朝氏（一九五〇〜二〇一七年）。慶光氏は瀬名の自宅から、漢文講師を務めた三保・東海大まで自転車で通勤したという（「長尾川流域のふるさと昔ばなし」静岡市立西奈図書館友の会〝けやき〟）。

坐漁荘は一九六九（昭和四十四）年に愛知・明治村に移築された。それまでの経緯は曲折があったようで、一九五〇（昭和二十五）年の新聞コラムには、英国大使館の参事官レッドマン氏の紹介で英国人実業家に買い上げられたことについて〈県で買うとか、ヤミ成金が買ったとか、色々噂を聞いた物だが〉〈英国人の手に渡った〉のは〈何となく淋しい気がする〉とある。その半年後には〈今となってはこのように文化に理解ある外国人の手に渡ったことをよろこびとせねばなるまい〉が、〈外国人の良識ある温情によって漸く文化的目的に、活用出来るようになるとは甚だ残念な話だ〉とも。坐漁荘もまた、歴史の証人であり、語り部なのである。

一九六三（昭和三十八）年には、「雨もりでいたむ坐漁荘」「何とか十分な保存を」「心配顔の地元民」という見出しの長尺の記事が静岡新聞に掲載された。海側の庇《ひさし》を杉皮からトタンに替えたことや、維持費に年間百万円は必要だが手当てできているのは七十五万円程度だということが記されている。

これらの経緯を知れば知るほど、坐漁荘の復元を実現した先達と、その活用に尽力するＮＰＯメンバーの郷土愛と熱意に頭が下がる。

本書は西園寺公望の入門書である。本書をきっかけに、参考文献リストにもある静岡県警の警備主任増田壮平氏の「坐漁荘秘録」や、少年血盟団事件を題材とした静岡市出身の諸田玲子さんの短編小説「坐漁の人」、松本清張氏の「老公」などに進むと、西園寺の人となりや当時の世情を立体的に理解できるのではないだろうか。桂園時代、大正デモクラシーなど、言葉を覚えるのに精いっぱいだった高校生の頃の勉強とは違う学び直しになろう。その後に再度本書を読み返すと、各章の場面やせりふがさらに味わい深い。

西園寺の一生は、日本の戦前とぴたり重なる。政党政治、民主主義、国際協調など、近代史を自分の頭で考える水先案内の一冊と言えよう。

以下、先にふれた十一月二十四日付のものも含めて、静岡新聞の朝刊コラム「大自在」より、本書に関連した三本を社の許可を得て転載する。本書の魅力を少しでも伝えられていたら幸いである。

「みんな行く行くベルサイユ」と覚えた一九一九年のパリ講和会議とベルサイユ条約。第一次世界大戦の終結だけでなく、国際連盟設立など新たな国際秩序の在り方が議論された。

日本の首席全権は西園寺公望（一八四九〜一九四〇年）。首相を二度務め、天皇の諮問に応える元老に任ぜられ、当時七十歳。列強代表の大物に見劣りしないとして選ばれたとされる。

西園寺は帰国後、興津に新築した別邸「坐漁荘《ざぎょ》」（静岡市清水区）に移り住み、九十一歳で亡くなるまで本拠とした。東京から近くも遠くもなく、温暖で風光明媚《めいび》な地を気に入ったという。優れた教養と見識を頼られ、政官の実力者らの「興津詣で」が相次いだ。きょうが命日。

西園寺については、地元NPO理事で小学校教員の小泉達生さんが昨年出版した小説「明治を創った男」が入門書になろう。常に議会を重視し、自由主義者、国際主義者であった西園寺。戦争反対を貫き、軍部や国粋主義者に反感を持たれ、暗殺計画もあった。
　きのうまでオンライン方式で開かれた20カ国・地域首脳会議（G20サミット）で菅義偉首相は、ポスト・コロナの国際秩序作りをG20が主導すべきと述べた。首脳宣言には「多国間協力がこれまでになく必要」とある。
　太平洋戦争に突き進む中、西園寺の臨終の言葉は「いったい、この国をどこにもっていくのや」。小泉さんから、自著のタイトル候補でもあったと、復元された興津坐漁荘で聞いた。「戦争を語り継ぐとともに、どうして戦争を始めてしまったのかを学ぶことが大切」とも。同感だ。

（静岡新聞「大自在」２０２０年11月24日付）

――・――・――

　スーパーでミカンに見入ってしまった。艶やかな暖色に癒やされるような気がしたのは、新型コロナ感染急拡大の重苦しさのせいだろうか。
　芥川龍之介の「蜜柑」を思い出す。汽車で乗り合わせたみすぼらしい娘がトンネルの中で窓を開ける不作法に「私」は不快感を募らせるが、トンネルを出たところで娘が五、六個のミカンを踏切に見送りに来た弟たちに投げ与えたのを見て感動する。

最後の元老、西園寺公望（一八四九～一九四〇年）が別邸「坐漁荘」で晩年を過ごした静岡市清水区興津には一九〇二（明治三十五）年に国立農事試験場園芸部が設置された。西園寺の執事を務めた熊谷八十三《やそぞう》は元場長。本欄で先日紹介した小説「明治を創った男」にも登場する。

ミカンは諸田玲子さんの短編小説「坐漁の人」にも出て来る。西園寺を狙って坐漁荘を訪れた右翼思想の少年に、警備主任の警部はミカンを勧め、少年が懐から右手を出した瞬間、取り押さえた。実際の事件に基づく。モノトーンと鮮血のイメージが強い時代背景に、ミカンの色が際立つと思いながら読んだ。

昨年、本県の温州《うんしゅう》ミカン生産量は全国三位。過剰生産による価格暴落やオレンジ輸入自由化などの苦難を経て計画生産が行き渡り、後継世代も育っている。

三ケ日みかんは今年、高血圧改善が期待できるとする機能性表示が受理され、骨の健康維持とダブル表示になった。沼津の「西浦みかん寿太郎」は地理的表示

せるのかもしれない。（GI）保護制度に登録。この意気込みも、今期のミカンを一層みずみずしく見

（同2020年11月30日付）

---・---・---

八十五年前に起きた二・二六事件は時代の大きな転換点となった。決起した陸軍皇道派の青年将校とその部隊約千四百人は二十六日のうちに反乱軍とされ、クーデターは四日間で鎮圧された。

斎藤実内大臣、高橋是清蔵相が殺害されるなどした帝都の一大事だが、興津（静岡市清水区）を拠点としていた元老西園寺公望（一八四九〜一九四〇年）も当初襲撃対象となり、静岡県知事官舎に避難した。県内にも現場があったのである。

このほか、首謀者の一人として死刑になった大尉の妻や、事件を裁いた軍法会議法務官が県内出身者だったと「静岡県史」にある。前内大臣を湯河原の宿で襲撃した際に負傷した別の大尉は熱海の病院で治療し、その裏山で自決した。

決起には加わらなかったが、二十八日深夜に切腹した中尉と妻の実話を三島由紀夫は小説「憂国」（六〇年）にした。中尉は藤枝市出身だった（「藤枝文学舎ニュース」35号）。「反乱軍」でないからこその自決か。

西園寺は温暖で風光明媚《めいび》な興津を気に入り、海辺に別邸「坐漁荘《ざぎょ》」を建てて七十歳の時に移り住んだ。二・二六事件当時は八十七歳。清見潟は戦後埋め立てられ、復元された坐漁荘からも、波の音は聞こえない。国道1号バイパスを大型車が行き来し、荷さばき施設が駿河湾の眺望を阻む。

コンテナ船が着岸する埠頭《ふとう》にはガントリークレーン6基がそびえ立つ。船舶大型化に対応して、二つの埠頭の間を埋め立てて岸壁を延長する計画だという。清水港の新たな歴史がつくられる。どこにもっていくのか、信念ある説明が必要だろう。

（同2021年2月28日付）

【参考文献】

伊藤之雄　『元老西園寺公望　――古希からの挑戦』（文春新書　2007年）
岩井忠熊　『西園寺公望　―最後の元老』（岩波新書　2003年）
豊田　穣　『最後の元老　西園寺公望』上・下（新潮社　1982年）
勝田龍夫　『重臣たちの昭和史』上・下（文藝春秋　2014年）
増田壮平　『坐漁荘秘録』（静岡新聞社　1976年）
西園寺公望　国木田独歩編『陶庵随筆』（新聲社　1903年）
原田熊雄　『西園寺公と政局』（岩波書店　1950年）
西園寺公一　『西園寺公一　回顧録「過ぎ去りし、昭和」』（日本図書センター　2005年）
北野　慧　『人間西園寺公』（大鳥書院　1941年）
保阪正康　『後世に残したい昭和史の名著と人物』（山川出版社　2014年）
川崎庸之他総監修『読める年表　決定版』（自由国民社　1990年）
安藤徳器　『陶庵公影譜』（審美書院　1937年）
北野　慧　『興津と元老』（松永益　1966年）
スタットラー『ニッポン歴史の宿』（人物往来社　1961年）
高橋　正　『西園寺公望と明治の文人たち』（不二出版　2002年）
西園寺公望　『陶安随筆』（中公文庫　1990年）
川上和久　『昭和天皇玉音放送』（あさ出版　2015年）
＊興津坐漁荘ボランティアが作成した資料も大いに参考になりました。

本書は二〇一九年三月に小社より単行本として
刊行された作品を改稿し文庫化したものです。

著者紹介

小泉達生（こいずみ たつお）

1958年、清水市（現静岡市清水区）興津生まれ。静岡県立清水東高等学校、茨城大学人文学部卒業。松下電工株式会社（現パナソニック）に入社後、教育界に転身して小学校教員として38年間勤める。赴任した地域の特色ある教材づくりに力を注ぎ、清水次郎長、山岡鉄舟、太原雪斎、梶原景時、穴山梅雪、静岡大空襲などの社会科単元を多く開発。編集長として『目からウロコ⁉　おもしろ静岡歴史ゼミナール1・2巻』を自主出版し静岡市内全小学校や全市立図書館に一千部ずつ配布して好評を得る。NPO法人の理事として興津坐漁荘の管理運営や西園寺公望の劇台本や検定問題の作成のみならず、ユネスコ世界の記憶「朝鮮通信使」の顕彰のため、通信使行列への参加や劇脚本、作詞などにも関わる。常葉大学教育学部の非常勤講師を17年間務めている。

増補版《ぞうほばん》 明治《めいじ》を創《つく》った男《おとこ》
西園寺公望《さいおんじきんもち》が生《い》きた時代《じだい》

2021年10月23日　第1刷発行

著　者　　小泉達生
発行人　　久保田貴幸

発行元　　株式会社 幻冬舎メディアコンサルティング
〒151-0051　東京都渋谷区千駄ヶ谷4-9-7
電話　03-5411-6440(編集)

発売元　　株式会社 幻冬舎
〒151-0051　東京都渋谷区千駄ヶ谷4-9-7
電話　03-5411-6222(営業)

印刷・製本　シナジーコミュニケーションズ株式会社

装　丁　　黒瀬章夫

検印廃止

ISBN 978-4-344-93607-2　C0093
幻冬舎メディアコンサルティングHP
http://www.gentosha-mc.com/